periscopio

EL MAESTRO OSCURO

CÉSAR MALLORQUÍ

EL MAESTRO OSCURO

edebé

Paseo San Juan Bosco, 62
08017 Barcelona
www.edebe.com

Atención al cliente: 902 44 44 41
contacta@edebe.net

Directora de la colección: Reina Duarte
Diseño gráfico de cubierta: César Farrés
Ilustraciones: Tha (August Tharrats)
Fotografía de la cubierta: GETTY

13.ª edición

ISBN: 978-84-236-7805-1
Depósito legal: B. 9507-2011
Impreso en España
Printed in Spain
EGS - Rosario, 2 - Barcelona

Este libro está dedicado
a mi bella sobrina
Laura Aréizaga y a mi gran amigo
Tomás Arriaga jr.

Índice

Introducción

No era más que un muchacho (en febrero había cumplido los dieciséis) y, sin embargo, su futuro podía medirse en horas y minutos. Iba a morir, eso era un hecho definitivo e irremediable, aunque él no lo sabía ni lo sabría jamás.

De momento estaba viviendo una aventura. Se había escapado de casa, había roto los lazos que le ataban a su hogar (si es que a aquel infierno podía llamársele hogar), había huido en busca de oxígeno, de libertad y de paz o, como mínimo, de tranquilidad. Basta ya, se dijo; basta de aguantar los gritos y palizas de su padre, aquel violento y resentido borracho; basta de escuchar las huecas lamentaciones de su madre, esa pobre infeliz; basta de miedo y de lágrimas. Basta.

Se encontraba en una especie de campamento, un lugar de reunión para indigentes situado a las afueras de la ciudad. El muchacho paseó la vista en derredor y contempló con aprensión el terrible espectáculo de la pobreza en estado puro. Miserables tiendas de campaña confeccionadas con plásticos y cartones, mugrientos colchones con los muelles reventados, mantas viejas infestadas de chinches y pulgas, envases de vino barato desperdigados por doquier. A unos cien metros de distancia, la basura se amontonaba en un enorme vertedero formando lomas irregulares, como las dunas de una playa cochambrosa. Un poco más allá, el tráfico rugía al circular por la serpiente de asfalto de la autopista. A lo lejos, en la línea del horizonte, las luces de la ciudad comenzaban a encenderse ante la inminencia del anochecer.

El muchacho observó con disimulo a quienes le rodeaban. Viejos enloquecidos por la soledad y la desesperanza, tullidos, *yonquis* con ojos de zombi, emigrantes sin suerte de gesto adusto, vagabundos, desequilibrados, parias. La hez de la sociedad, los desheredados de la fortuna.

Por unos instantes, el muchacho se vio embargado por la misma sensación de miedo que había experimentado al principio de su fuga, cuando se encontró de golpe con que la libertad que tanto ansiaba era, en realidad, un mundo hostil y miserable en el que resultaba muy dudoso poder sobrevivir. Afortunadamente, pensó, Martín iba a ayudarle.

Al recordar a Martín se relajó. Le había conocido hacía dos días (aunque eran días que parecían años) en un comedor de caridad. Al principio, el muchacho se mostró receloso (había mucha gente rara por ahí), pero luego se tranquilizó. Martín era un joven de veinticinco años de edad, simpático y extrovertido. Según le contó, era un albañil en paro y llevaba seis meses viviendo en la calle. Seis meses, toda una eternidad en el país de la miseria.

Así fue cómo Martín se convirtió en su protector y guía, le defendía de las agresiones de otros mendigos, le enseñaba cómo conseguir comida gratis o le mostraba los a veces insospechados medios para obtener algo de dinero, como por ejemplo vender su sangre.

El muchacho contempló la pequeña cicatriz, tan sólo un puntito rojo, que la aguja había dejado en la cara interna de su brazo. Permitir que le extrajeran sangre no había resultado una experiencia agradable, pero le habían pagado muy generosamente, aunque, por desgracia, aquel dinero no iba a durar siempre.

Por eso se había ausentado Martín, para buscar un medio de conseguir más dinero. Según le contó, conocía a un tipo que contrataba trabajadores temporales sin prestar mucha atención a que éstos dispusieran o no de cartilla de la Seguridad Social o de permiso de trabajo. Los jornales que pagaba eran bajos, pero no formulaba preguntas.

Sin embargo, hacía casi cuatro horas que Martín se había ido y el muchacho comenzaba a sospechar que no volvería. Paseó de nuevo la mirada por el campamento de indigentes, aterrado ante la posibilidad de quedarse solo allí.

Pese a que el anochecer era cálido, los mendigos habían encendido algunas hogueras, y ahora el ondulante resplandor del fuego parecía competir con las ya débiles luces del ocaso. Una ráfaga de viento trajo con ella el apestoso olor del vertedero.

—Ya estoy aquí —dijo una voz.

El muchacho volvió la cabeza y contempló con alegría (y alivio) el sonriente rostro de Martín.

—¿Dónde te habías metido? —preguntó el muchacho.

—He tardado en dar con mi amigo, el contratista, pero ya está todo arreglado. Tiene una obra en marcha, un chalé de una urbanización a las afueras. Mañana empezaremos a trabajar allí.

—¡Genial! ¿Y cuánto pagan?

—Poco, pero lo suficiente para tirar un tiempo. Así que ya podemos dejarnos de ahorros y dedicar las pelas que nos quedan a pagarnos una cama decente. Conozco una pensión limpia y barata donde pasar la noche. Vamos.

Martín echó a andar, y el muchacho, feliz de dejar atrás aquel inmundo campamento, le siguió con paso alegre. Mientras abandonaban los terrenos del vertedero en dirección a la carretera, el muchacho confesó:

—No sé nada de albañilería, Martín. A lo mejor me echan del curro...

—Tranquilo, chaval, que nadie te ha tomado por un artista de la paleta. Trabajarás de *traidor.*

—¿Traidor?

—Claro, hombre —Martín profirió una ruidosa carcajada—. *Traidor,* el que trae las cosas. ¡Tráeme la masa, chico! ¡Chaval, trae *p'acá* esos ladrillos!

El muchacho se echó a reír, reconfortado por el buen humor de su amigo. Martín era un tío legal, un colega. Bajo la mata de pelo oscuro y ensortijado que le cubría la cabeza, la expresión de su rostro, siempre risueña, resultaba tranquilizadora.

Pero el muchacho estaba deseoso de ayuda y compañía, y eso le llevaba a ser excesivamente confiado.

Si por un momento se hubiese detenido a examinar con atención a su nuevo compañero, habría descubierto algunos detalles extraños en él.

En primer lugar, la edad. Pese a su apariencia juvenil, los ojos de Martín no eran los de un *veinteañero*. Su mirada era demasiado adulta y, detrás de la expresión amigable, se agazapaba una inquietante frialdad.

En segundo lugar, sus manos. Eran unas manos cuidadas, con largos dedos rematados por unas uñas cinceladas por la manicura. No, aquéllas no eran las manos de un albañil.

Si el muchacho hubiese contemplado con más detenimiento a su amigo, habría comprendido que Martín era alguien muy diferente de quien decía ser. Pero el muchacho, ¡ay!, era demasiado confiado.

Tras varios minutos de caminar por entre escombreras y solares, llegaron a un paraje plagado de matorrales por el que discurría una de las carreteras de servicio de la cercana autopista. Ya era de noche, mas el resplandor de la Luna permitía contemplar la desnuda soledad de aquel lugar.

—Ya hemos llegado —dijo Martín, deteniéndose.

El muchacho miró a su alrededor con desconcierto.

—¿A dónde? —preguntó—. Aquí no hay nada...

—Oh, sí que hay algo —contestó con suavidad el hombre—; estás tú y estoy yo.

El tono de Martín, repentinamente monocorde, hipnótico como el siseo de una serpiente, puso en alerta al muchacho.

Algo no iba bien.

—¿Qué pasa, Martín?... —preguntó, volviéndose alarmado hacia el hombre.

De pronto, Martín le sujetó con fuerza. Notó un pinchazo. Intentó gritar, pero no pudo porque tenía la garganta agarrotada; sentía que las fuerzas le abandonaban y un intenso mareo se había adueñado de él. Lentamente, la consciencia le fue abandonando.

Justo antes de desmayarse, logró ver al hombre que él consideraba su amigo, sonriente como un zorro en un gallinero, sosteniendo en la mano una jeringuilla. Ésa fue la última imagen que contempló en su corta vida; después, todo se volvió negro y perdió el conocimiento.

Durante unos segundos nada ocurrió. Martín contempló pensativo el cuerpo inconsciente del muchacho. Luego sacó un paquete de cigarrillos del bolsillo, encendió uno y, tras aspirar una profunda bocanada, se dispuso a esperar.

Apenas un par de minutos después, una furgoneta negra que circulaba con las luces apagadas se detuvo en el arcén, junto a Martín. Un hombre con el cráneo totalmente rasurado se asomó por la ventanilla del conductor.

—¿Todo bien? —preguntó con voz ronca.

—¿Tuvo algún problema el lobo para comerse a Caperucita? —contestó Martín con tono arrogante—. Anda, Roco, súbelo a la furgoneta.

El conductor, un hombre de gran estatura y recia complexión, bajó del vehículo y abrió las puertas traseras; luego, sin aparente esfuerzo, cogió en brazos el exánime cuerpo del muchacho y lo introdujo en el interior de la furgoneta. Cerró las puertas y se volvió hacia Martín.

—El Maestro estará satisfecho —dijo.

Martín dio una profunda calada a su cigarrillo, arrojó la colilla al suelo y la aplastó con la suela del zapato.

—El Maestro nunca está satisfecho —murmuró—. Siempre quiere más, Roco, más y más; su hambre de cuerpos es insaciable.

Durante unos segundos mantuvo la vista fija en el lejano resplandor de la ciudad. Luego se desperezó como un gato satisfecho y añadió:

—Vámonos, Roco. Tenemos un largo camino por delante y no queremos que nuestro amiguito se despierte antes de llegar, ¿verdad?

Roco ocupó rápidamente su lugar frente al volante y aguardó a que Martín se instalara a su lado; entonces puso en marcha el motor, conectó las luces y arrancó.

Al poco, la furgoneta desapareció en la oscuridad, como si las negras fauces de la noche se la hubieran tragado.

* * *

Tan sólo la débil luz de una lamparilla situada sobre la mesilla de noche quebraba las tinieblas que envolvían la habitación. Se trataba de un dormitorio, o al menos así parecía indicarlo la suntuosa cama estilo imperio que ocupaba el centro de la estancia. El techo era alto y las paredes blancas, sin adornos. En un rincón, cerca de la puerta, había una batería de aparatos clínicos cuyos indicadores permanecían constantemente vigilados por una enfermera rubia de rostro hermoso, aunque inexpresivo. El leve susurro de las agujas sobre las bandas de papel parecía marcar el ritmo de los parpadeantes pilotos rojos y verdes.

Unos cables surgían de la parte trasera de los aparatos y, formando un manojo, recorrían el suelo de roble hasta fijarse, mediante una serie de electrodos adhesivos, al frágil cuerpo del ocupante de la cama. Era un hombre muy viejo; tan viejo que estaba muriéndose. Aunque eso, claro, no era inusual. De hecho, el anciano llevaba muchos años muriendo y, sin embargo, hasta aquel momento había logrado esquivar a la vieja segadora.

El anciano tuvo, en otro tiempo, un nombre, pero hacía tanto que nadie lo empleaba que casi se había olvidado de él. Todo el mundo le conocía por su apellido.

Vargas, así le llamaban.

Con respeto y con temor.

Porque era alguien muy rico y muy poderoso, el dueño de un inmenso imperio financiero, el severo monarca de un ingente reino de empresas. Vargas. Con uve de victoria.

Sin embargo, ahora estaba muriéndose. Bueno, así son las cosas, decían los médicos. Después de una larguísima vida, la muerte era el lógico final y nada se podía hacer contra ella.

¿O sí se podía?

Porque él era Vargas, el multimillonario, el todopoderoso, el hombre que hacía temblar a las naciones con un simple gesto de su dedo (o con una audaz jugada en las bolsas internacionales). Así que Vargas hizo lo que mejor sabía hacer: buscó los contactos adecuados y firmó un contrato. El precio era enorme, descomunal, pero la recompensa estaba a la altura. Además, ¿qué importaba el dinero?

Él era Vargas.

Y quería vivir para siempre.

Recuerdo que aquella tarde de finales de junio yo estaba muy deprimida. Creo que fue entonces cuando comenzó todo, aunque me temo que, al contrario de lo que sucede en las novelas, las cosas de la vida casi nunca tienen un principio y un final claros.

Pero fue durante esa tarde de finales de junio cuando le vi por primera vez, por ello pienso que ése es un buen comienzo para mi relato. El día en que conocí a Tomás.

Después de tantos años, los recuerdos se vuelven borrosos, como si el transcurrir del tiempo cubriese de vaho las ventanas que se abren al pasado, pero en mi memoria aún conservo con nitidez la imagen del rostro de Tomás, con sus ojos parapetados tras unas gafas negras, y aquella sonrisa pícara flotando en sus labios.

Claro que, entonces, yo ignoraba la importancia de aquel encuentro y no podía imaginar siquiera los extraños acontecimientos que poco después viviría al lado de Tomás. Tampoco sabía que, en el transcurso de nuestra aventura, mi vida correría un grave peligro. A decir verdad, ni siquiera había oído hablar del hombre al que llamaban el Maestro.

Pero estoy adelantándome a los acontecimientos.

Aquella cálida tarde de junio yo aún era inocente y, en mi ingenuidad, creía que el destino había sido injusto conmigo. Me sentía triste y desgraciada, y pensaba que las cosas nunca podrían estar peor de lo que ya estaban.

Pero me equivocaba.

Capítulo uno

Aquella cálida tarde de finales de junio, Laura decidió regresar a su casa por el camino que cruzaba el poblado de El Pozo. Atravesar esa desagradable colonia de chabolas no era un plato de gusto, por supuesto; de hecho, la visión de tanta miseria sólo contribuiría a aumentar su depresión. Pero la siguiente parada del autobús la hubiera dejado a quince minutos de su casa, mientras que bajándose en El Pozo podría llegar en apenas cinco.

Y esa tarde Laura tenía prisa. Había tomado una importante decisión. Tras muchos meses de darle vueltas, tras pensar en ello una y otra vez durante largas noches de insomnio, tras debatirse en un mar de dudas, sintiéndose vacía por dentro, atrapada, burlada por el destino, ahora, por fin, sabía lo que tenía que hacer.

El único problema sería la reacción de Begoña, su madre. Ella no lo entendería, claro, sería incapaz de aceptar su punto de vista. Pondría el grito en el cielo, lloraría entre súplicas y recriminaciones y, por último, se encerraría en esa actitud de silencioso reproche que Laura tanto detestaba.

Pero lo que estaba en juego eran sus sentimientos, su vida, su futuro, y Begoña tendría que aceptarlo, tanto si le parecía bien como si no.

No obstante, Laura sabía que su madre nunca podría comprenderlo. Y menos aún cuando conociera el contenido del sobre que llevaba en la carpeta. Ah, sí, ese sobre complicaría aún más las cosas. Pero Laura ya había tomado una decisión, su decisión, y quería comunicársela a Begoña cuanto antes, acabar de una vez por todas con aquel asunto. Por eso tenía prisa, por eso tomó aquella tarde el camino de El Pozo.

Hacía mucho calor. Las calles de la barriada (polvorientos caminos de tierra) se encontraban ahora prácticamente desiertas. A lo lejos, cuatro hombres situados junto a una blanca furgoneta extendían unas mesas plegables. Era un comedor de caridad ambulante. Laura aceleró el paso. No le gustaba El Pozo (¿a quién podría gustarle?) y, además, le daba miedo. Ella sabía que allí proliferaban los delincuentes, que había gitanos y quinquis, que en muchas de aquellas chabolas se vendía droga.

Afortunadamente, apenas tenía que recorrer doscientos metros para abandonar el poblado y entrar en su barrio, un lugar no mucho más bonito, pero sí algo más seguro.

Llevaba recorrida la mitad del camino cuando Laura advirtió que al otro lado de la calle, apoyados contra una valla encalada, dos jóvenes gitanos la contemplaban con expresión descarada. Uno de ellos señaló en su dirección e hizo un comentario por lo bajo; el otro se echó a reír.

Laura prosiguió su camino con la vista clavada al frente. Avanzó así, muy nerviosa, por espacio de una veintena de metros; luego no pudo contenerse más y volvió la cabeza. Al hacerlo, comprobó aliviada que los dos gitanos, lejos de seguirla, continuaban charlando indolentemente junto a la valla. Respiró hondo e intentó tranquilizarse.

Entonces sucedió.

Era un viejo de largas y descuidadas barbas, olía a aguardiente barato, tenía los ojos turbios e inyectados en sangre y el rostro contraído en una mueca indescriptible. Surgió de entre las ropas que colgaban en un tendedero y se abalanzó sobre Laura, aullando y pronunciando frases incomprensibles.

Laura profirió un grito de miedo, retrocedió precipitadamente unos pasos, tropezó y cayó al suelo en medio de un montón de basuras.

Y justo en ese momento apareció un segundo personaje, un muchacho de unos trece o catorce años de edad que, como una exhalación, se interpuso entre el feroz anciano y la muchacha.

—¡Eh, *tranqui*, Germán! —dijo—. Estás asustando a la pibita.

Como por ensalmo, el viejo pareció calmarse. Dejó de aullar, su rostro se relajó y se quedó inmóvil, aunque algo tambaleante, murmurando extrañas palabras.

El muchacho se volvió hacia Laura. Llevaba el pelo largo, recogido en una coleta, y vestía una camisa blanca, muy amplia, vaqueros y unas viejas deportivas. Sus ojos estaban ocultos tras unas negras gafas de sol y había un punto de burla en su amistosa sonrisa.

—¿Estás bien? —preguntó mientras hacía girar la vara de fresno que sostenía en la mano derecha.

Laura, todavía muy asustada, se incorporó vacilante.

—Creo que sí... —musitó, sin apartar la mirada del ahora apacible anciano.

El muchacho amplió su sonrisa.

—¿Te ha entrado canguelo con el Germán? Pues *tranqui*, tía, el abuelo es más inocente que un kilo de tebeos.

—Antes no lo parecía... —balbuceó Laura, nerviosa, buscando con la mirada su carpeta.

—Hoy le ha dado a la *priva* más que de costumbre —el muchacho se inclinó, sacó la carpeta de entre el montón de cartones donde había caído y se la tendió a Laura—. Pero Germán es un tío legal —prosiguió—. No le haría daño ni a una mosca.

—Gracias... —musitó ella, cogiendo la carpeta.

Tragó saliva y añadió:

—Tengo que irme...

Comenzó a alejarse con rapidez, pero el muchacho la contuvo:

—¡Eh, piba!

Laura se volvió.

—Me llamo Tomás —dijo el chico con una resplandeciente sonrisa—. Recuérdalo: Tomás.

Laura, aún confusa, asintió un par de veces y luego echó a correr hacia su casa.

* * *

Existen muchas ciudades dentro de la misma ciudad.

En el centro se alza la ciudad de los negocios, con sus rascacielos descomunales elevándose hacia el cielo, como templos paganos erigidos a un dios avaro. Luego está la ciudad de los ricos, sus perfumadas calles adornadas con jardines y parques, como una versión en miniatura del Edén. Un poco más allá se extiende la ciudad de las clases medias, cuyos habitantes apenas han avanzado unos metros en la escala de la fortuna, pero que, aun así, se creen ricos e intentan vivir como tales. En penúltimo lugar, formando un semicírculo en torno a todas esas ciudades, se encuentra la urbe del trabajo, que huele a grasa y a sudor. Finalmente, en la frontera con el campo, entre vertederos y escombreras, se asienta la ciudad de la miseria.

Y justo allí, en el extremo de la ciudad del trabajo, muy cerca del país de la pobreza, vivía Laura. No siempre había sido ése su hogar. De hecho, un año antes habitaba en la ciudad de las clases medias, en un bonito chalé adosado, rodeada por una burbuja de comodidad y frágil felicidad.

Pero las ciudades se mueven, palpitan, cambian; en su seno se produce cada día una miríada de microscópicas convulsiones, un sinfín de pequeñas tragedias cotidianas. Y eso fue, precisamente, lo que le ocurrió a Laura. Su mundo de algodón y terciopelo rosa sufrió un terremoto que lo trastocó todo, que volvió del revés su vida y que, finalmente, la expulsó de su hogar y de su entorno, convirtiéndola en una desterrada.

El lugar donde vivía Laura era un humilde (y más

bien feo) edificio de ocho plantas situado al lado de un enorme taller mecánico. En la acera de enfrente, entre solares cubiertos de maleza, se alzaba un par de casas de vecindad en cuyos balcones ondeaba la ropa tendida, como un flamear de raídas banderas. Al final de la calle, allí donde terminaba el asfalto, se agrupaban unas cuantas industrias pequeñas (carpinterías, forjas, chatarrerías). Más allá, tras sortear un breve terraplén, se extendía la barriada de El Pozo, la zona prohibida, el área terminal, la frontera.

Laura abrió el portal y remontó a toda prisa las escaleras que conducían al ascensor, para encontrarse con un gran cartel que rezaba: «NO FUNCIONA». Masculló una maldición y se detuvo un momento para recuperar el resuello. Entonces escuchó unos pasos en la escalera y, al poco rato, apareció frente a ella un joven alto y bien parecido. Era el vecino del cuarto, un chico de su edad que, si mal no recordaba, se llamaba Miguel. Además, asistía al mismo colegio público que ella, aunque no a la misma clase.

—Hola, Laura... —la saludó el muchacho con timidez.

—Hola —respondió ella, sin prestarle mucha atención.

Miguel vaciló unos segundos, dudando entre hacer o no algún comentario.

—¿Qué tal las notas? —preguntó finalmente, algo inseguro.

—Bien —contestó, lacónica, Laura.

Se despidió con un fugaz «hasta luego» y comenzó a subir por las escaleras. Miguel, inmóvil, aguardó a que la muchacha desapareciera de su vista; luego sacudió la cabeza con pesadumbre y siguió su camino.

Al entrar en el piso donde vivía (el tercero B), lo primero que escuchó Laura fue la voz de su madre, llamándola desde la cocina.

—¿Eres tú, Laura?

Quién más podía ser, pensó la muchacha, si vivían ellas dos solas.

—Sí, soy yo —contestó en voz alta.

En seguida cruzó el salón y entró en la cocina, donde Begoña estaba planchando un montón de ropa que aún olía a detergente. Por algún motivo, a Laura le irritaba ver a su madre ocupándose de las labores caseras, y quizá por eso, cuando la besó, lo hizo con cierta frialdad. O puede que últimamente siempre la besara así...

—¿Qué te ha pasado? —preguntó de pronto Begoña—. Tienes manchados los pantalones.

—Me caí al cruzar por El Pozo. Pero estoy bien.

—¿Has venido por la barriada? —exclamó la mujer, alarmada—. Ese lugar es peligroso. No me gusta que vayas por ahí.

«Si no te gusta El Pozo, no haberte mudado a esta casa», pensó Laura. Pero se limitó a contestar:

—Descuida, no volveré a hacerlo.

Begoña dejó la plancha a un lado y contempló expectante a su hija.

—Bueno —dijo tras unos segundos de silencio—, ¿qué tal?

—¿El qué?

—Las notas, no te hagas la tonta. ¿Han salido ya?

En vez de responder, Laura sacó de la carpeta el sobre que acababa de recoger en el instituto y se lo tendió a su madre. La mujer lo cogió, extrajo de su interior una papeleta y la examinó conteniendo el aliento.

—¡Sobresaliente! —exclamó, los ojos dilatados por la alegría—. ¡Podrás estudiar la carrera que quieras, Laura! ¡Ven aquí, mi niña, que te dé un beso!

La mujer sorteó la tabla de planchar e intentó abrazar a su hija, pero Laura, muy seria, la contuvo con un gesto.

—Un momento, mamá; tengo algo que decirte —una pausa—. Verás, lo he pensado mucho y... Bueno, he decidido que no voy a ir a la universidad.

La sonrisa se congeló en los labios de Begoña.

—¿Cómo?... —musitó, anonadada.

—Es sencillo: voy a dejar de estudiar y buscaré un trabajo.

Begoña parpadeó varias veces, como si le costara comprender las palabras de su hija.

—Pero, ¿te has vuelto loca? —murmuró finalmente—. ¿De qué vas a trabajar?

—De camarera, de dependienta o, como tú, de secretaria. No lo sé, ya encontraré algo.

—Pero... —la mujer sacudió la cabeza con incredulidad—, ¿por qué?

Laura respiró hondo y exhaló lentamente el aliento.

—Porque no podemos permitirnos que yo pase cinco años en la universidad —dijo—. Y porque si yo trabajo, con tu sueldo y con el mío podremos irnos a vivir a un lugar mejor.

—Pero eso no es necesario —protestó su madre—. Ya sé que esto no es un palacio, pero nos las arreglamos bien aquí. Y ya verás, cuando acabemos de pagar las deudas, todo irá mejor. Sólo te pido un poco de paciencia...

—¡No quiero tener paciencia! —contestó Laura en un tono quizá demasiado alto—. Lo que quiero es marcharme de aquí cuanto antes —hizo una pausa y añadió—: Odio esta casa, mamá. Y odio este barrio, y odio a la gente que vive aquí. Éste no es nuestro lugar. O, al menos, no es el mío.

Begoña desvió la mirada y permaneció unos instantes pensativa, con el rostro tenso de preocupación.

—No lo voy a consentir —dijo, contemplando con repentina determinación a su hija—. Irás a la universidad como estaba previsto. Y no hay más que hablar.

Laura esbozó una sonrisa amarga.

—Ya no soy una niña. Dentro de siete meses cumpliré los dieciocho. No puedes darme órdenes, mamá; es mi decisión y no voy a cambiar de idea.

Tras decir esto, se dio la vuelta y abandonó con paso rápido la cocina. Begoña vaciló unos instantes y luego fue en pos de su hija.

—Espera un momento —suplicó—. Escúchame, sólo te pido eso, que me escuches...

Laura se detuvo. Sus ojos destellaban de irritación.

—¿Qué quieres?

—Préstame atención, Laura, por favor —tragó saliva—. Mira, ya sé lo mucho que te ha afectado todo lo ocurrido. Y comprendo que estés deprimida, yo también lo estoy, pero hay que sobreponerse. Si te dejas llevar por la autocompasión, no podrás pensar correctamente y entonces tomarás decisiones equivocadas, como ahora. Escucha, si tu padre estuviera aquí...

—Si mi padre estuviera aquí —la interrumpió Laura—, no viviríamos en un estercolero —resopló—. ¿Por qué te pasas la vida diciéndome lo que tengo que hacer, mamá? ¿Por qué no te pones alguna vez en mi lugar?

—Eso es lo que intento, Laura. Pienso en tu futuro.

—¿En mi futuro o en el tuyo? Antes, cuando vivía papá, él te mantenía. Pero como se ha muerto, ahora quieres tener una hija universitaria para que te solucione la vejez, ¿no es eso?

Nada más pronunciarlas, Laura se arrepintió de sus palabras, pero ya era demasiado tarde para dar marcha atrás. Begoña se tambaleó como si hubiera recibido un impacto. Sus ojos se tornaron cristalinos y una lágrima, sólo una, comenzó a resbalar lentamente por su mejilla.

—Eso que has dicho —musitó con voz temblorosa— es muy cruel...

Laura sacudió la cabeza. Se sentía mal consigo misma, pero aún estaba demasiado enfadada como para reconocerlo.

—Lo siento, no deberíamos discutir —dijo—. Pero tienes que aceptar las cosas como son, mamá. Voy a dejar los estudios, buscaré un trabajo y, en cuanto pueda, me marcharé de aquí. Si quieres venir conmigo, perfecto. Si no, me iré yo sola.

Laura se dirigió a su dormitorio y, sin volver la vista atrás, cerró la puerta.

* * *

Tumbada sobre la cama, con la vista fija en el techo, Laura intentaba apartar de su cabeza los problemas y las preocupaciones. Discutir con su madre siempre la dejaba agotada emocionalmente. Tal vez por eso, mientras procuraba pensar en cosas agradables (en el futuro, en su vida fuera de aquel espantoso lugar, en la libertad), se fue deslizando con lentitud, sin darse cuenta, por el tobogán del sueño.

Despertó bruscamente casi tres horas más tarde. A través de la ventana se filtraban las últimas luces del crepúsculo. Laura se incorporó en la cama e intentó despabilarse con un rápido parpadeo. La casa estaba en silencio.

La muchacha abrió la puerta y salió de su dormitorio. Al final del breve pasillo, en la sala de estar, distinguió la figura de su madre, sentada en un sillón, bajo la mortecina luz de una lámpara, leyendo un libro. Luego, al aproximarse a ella, Laura descubrió que en realidad no era un libro, sino un viejo álbum de fotos.

—Mamá, yo... En fin, creo que antes me he pasado. Lo siento.

—Shhhh —siseó Begoña, llevándose un dedo a los labios.

Señaló una fotografía en la que aparecía Laura de pequeña, en una playa, cogida de la mano de su padre, y dijo:

—Aquel año pasamos las vacaciones en el Norte. Tú te asustaste mucho al ver un cangrejo y viniste corriendo a abrazarte a mí. ¿Te acuerdas?

—No.

—Claro, eras muy pequeña —Begoña hizo una pausa y, sin apartar la mirada de la foto, agregó—: Laura, sobre eso que me has dicho antes...

—Dejémoslo ya, por favor.

—No, no quiero discutir, Laura. Tienes razón, ya eres mayor y no puedo obligarte a nada. Pero hay algo que quiero pedirte: antes de tomar una decisión definitiva, piénsatelo. Una semana, eso es todo lo que te pido; que lo medites durante una semana... ¿Lo harás?

Laura respiró hondo. No tenía ganas de iniciar otra pelea.

—De acuerdo —concedió—. Lo pensaré.

—Gracias —Begoña pasó una página del álbum—. ¿Quieres que te prepare la cena?

—No tengo hambre.

—Yo tampoco —la mujer suspiró y señaló otra foto, un retrato de Laura, catorce años atrás, sonriendo a la cámara—. Eras una niña maravillosa... —murmuró.

—Mucho más que ahora, supongo.

—No... Ahora eres distinta, ni mejor ni peor. Pero antes eras tan cariñosa...

Laura vio que los ojos de su madre se llenaban de lágrimas y sintió una nueva punzada de irritación. Begoña se empeñaba en vivir en el pasado, en aferrarse a los recuerdos igual que un náufrago se agarra a un salvavidas para intentar sobrevivir a la galerna.

La muchacha retrocedió unos pasos. De pronto sentía mucho calor, un calor asfixiante. Abrió el balcón y se asomó al exterior. Una ráfaga de aire le acarició el rostro, trayéndole el frescor del anochecer. Alzó la mirada por encima de los solares y de los feos edificios y contempló cómo el firmamento se iba poblando de estrellas.

Si Laura, en vez de mirar al cielo, hubiese bajado la vista hacia la desierta calle, habría descubierto la furtiva figura de un muchacho de pelo largo y lacio, recogido en una cola de caballo, que la observaba oculto en las sombras, mientras hacía girar entre los dedos, distraídamente, una vara de fresno.

* * *

Era una habitación blanca, inmaculada, refulgente. En el techo, varias filas de tubos fluorescentes bañaban con una pálida luz levemente azulada las paredes de lino y algodón. El recinto carecía de cualquier clase de mobiliario, con la excepción de una camilla sobre cuya superficie yacía el cuerpo inconsciente y desnudo de un muchacho.

Pero había alguien más en aquella extraña sala, un hombre alto, de complexión atlética, que vestía pantalones y blusón blancos, y unas zapatillas ligeras igualmente blancas. Tendría unos cuarenta años y poseía un rostro atractivo, hermoso, rematado por una abundante cabellera trigueña que se tornaba plateada en los aladares. No obstante, pese a su indudable atractivo, había algo inquietante en aquellos ojos suyos del color de la miel, como si tras su mirada se agazapara una dinamo crepitante de electricidad.

Tenía muchos nombres, algunos de ellos pronunciados con reverencia, otros con temor, pero a él solía gustarle que le llamaran Maestro. Sí, ése era un nombre bueno y esclarecedor, porque ciertamente él era un maestro, un educador privilegiado, capaz de enseñar el camino de la vida, y también el oscuro sendero de la muerte.

Vida y muerte, las dos caras de la moneda, causa y efecto, polos gemelos, aunque contrarios, del mismo imán. Nada puede morir si antes no ha vivido, y de la muerte surge la vida, que está destinada a morir, trenzando así una cadena eterna. El antílope devora los jugosos brotes de hierba, destruye una vida vegetal para sobrevivir, y luego el antílope muere bajo las garras del león para que éste viva, y más tarde el león cae abatido por las balas de un cazador que venderá su piel para poder vivir. Ésa es la ley.

Y el Maestro se tenía a sí mismo por el árbitro de aquel proceso. Era como un guardagujas que decide si un determinado tren puede continuar su marcha por los carriles de hierro o si, por el contrario, cierto expreso deberá desviarse a una línea muerta donde finalizar su andadura.

Eso era él, un árbitro, un juez, un severo profesor.

El Maestro caminó pausadamente sobre el blanco suelo de la habitación hasta situarse al lado del muchacho inconsciente. Aquélla era la última adquisición de Martín, su buen y eficiente servidor: carne joven, savia nueva, un verde tronco del que podrían extraerse vivificantes esquejes. Sí, el Maestro también era eso, una especie de oscuro jardinero que cuidaba su jardín con mimo y precisión.

Tendió una mano y rozó con la yema de los dedos el brazo del muchacho, allí donde el pausado flujo de un gota a gota inundaba su sangre con una droga adormecedora, notando el cálido palpitar de la carne aún viva.

Una carne adecuada para algunos, pero inútil para otros.

Y era en esos otros en quienes debía pensar, sobre todo en aquel poderoso anciano cuya rara sangre constituía un auténtico problema, un infrecuente quebradero de cabeza.

Pero no hay problema que no pueda solucionarse si se pone el necesario empeño.

Apartó la mano del brazo del muchacho y comenzó a alejarse. Aquella carne distaba mucho de ser la que él buscaba, pero aun así no era una carne inútil, serviría para otros fines.

Y, mientras abandonaba la blanca habitación, el Maestro sonrió al pensar en la proximidad del momento en que una afilada hoja habría de sajar la carne del muchacho, derramando su sangre, arrancándole las vísceras, robándole la vida.

Ah, sí, él todavía disfrutaba con aquellas pequeñas cosas.

Cuando conocí a Tomás, había transcurrido ya un año y medio desde la muerte de papá.

La suya fue una enfermedad muy larga, duró casi tres años, y muy costosa, tanto que nos dejó en la ruina. Mamá luchó como una leona, eso hay que reconocérselo, y jamás aceptó como definitivos los pesimistas diagnósticos que le ofrecían los distintos médicos a quienes consultó. Lejos de ello, recurrió a los mejores profesionales que pudo encontrar, allí donde estuviesen, aunque fuera en el fin del mundo.

A la larga, aquello sólo sirvió para prolongar la agonía de mi padre. Finalmente murió, y nosotras nos quedamos sepultadas bajo una montaña de facturas y deudas que el dinero del seguro apenas pudo mitigar.

Cuando papá vivía, nuestro hogar se encontraba en un chalé adosado situado en una bonita urbanización, teníamos un coche grande y yo iba a un colegio caro. Papá trabajaba en una importante empresa financiera, donde ocupaba un alto cargo que le permitía disfrutar de un elevado sueldo. Pero cuando papá murió, el dinero dejó de fluir, igual que una fuente agostada por la sequía.

Los niños mienten cuando aseguran que quieren por igual a su padre y a su madre. Quizá ésa sea la primera mentira que aprendemos a decir. Siempre hay una preferencia, una mayor afinidad por uno de ellos. Yo quería más a papá que a mamá. No mucho más, desde luego, pero sí lo suficiente como para desequilibrar la balanza hacia su lado.

Por eso, cuando papá murió, me sentí muy desgraciada, y también muy culpable, porque, en mi corazón, junto al dolor de su pérdida convivía el alivio. Alivio, sí, ya que aquella tragedia tan largamente anunciada había concluido al fin. Ahora sé que ése es un sentimiento normal, incluso saludable, pero entonces lo interpreté como una secreta traición al hombre que más había querido en mi todavía corta existencia.

Y me sentí triste y desolada, y también miserable, y me encerré en un mundo de sombríos pensamientos entre los cuales, paradójicamente, jamás figuró el dinero. Pero finalmente fue el dinero lo que dio un giro de ciento ochenta grados a mi vida.

Mamá ya no podía hacer frente al pago de la hipoteca. Tuvo que malvender nuestro hogar, y el dinero así obtenido sirvió para seguir pagando deudas. Luego, seis meses después de que papá muriese, nos trasladamos a un pequeño piso alquilado en un humilde barrio del extrarradio. Mamá consiguió trabajo como secretaria y yo proseguí mis estudios en un colegio público.

Y así comenzó el año más horrible de mi vida. Me sentía como una princesa expulsada de su palacio, arrojada de lo más alto a lo más bajo. Dejé de frecuentar a mis antiguas amistades y no hice ningún nuevo amigo. Fue un año de soledad y tristeza que acabó desembocando en una crisis de la que no sabía cómo salir.

Justo entonces conocí a Tomás, y aquel encuentro me condujo directamente a una horrible pesadilla durante la cual estuve a punto de morir. Y sin embargo, también fue un tiempo de liberación que cambió radicalmente mi vida. Hoy, tantos años después, aún recuerdo con claridad cada uno de los sucesos que jalonaron el extraño rumbo que, sin yo saberlo, había tomado mi camino.

El siguiente episodio ocurrió en un parque, al atardecer, cuando dos zombis de ojos vidriosos me pusieron una navaja al cuello.

Capítulo dos

Al día siguiente de discutir con su madre, Laura se encontró con que no tenía nada que hacer. Las clases habían concluido y, en virtud de la promesa formulada, ella debía esperar una semana antes de ponerse a buscar trabajo. Siete días de inactividad, siete días vacíos, siete días para meditar. Pero, ¿meditar sobre qué, si su decisión estaba ya tomada?

Laura pasó la mañana encerrada en casa, sola (Begoña trabajaba de ocho a seis), leyendo. Después de prepararse la comida vio un rato la televisión y luego, harta de tanto programa estúpido, se echó una siesta. Al despertar, volvió a leer mientras oía música en la radio, y así transcurrió el día.

Pero a última hora, cuando el Sol frisaba ya la línea del horizonte, deslizándose por detrás de los lejanos cables de alta tensión, Laura experimentó una intensa claustrofobia. Las paredes se le caían encima, así que decidió salir a dar una vuelta.

Como siempre hacía cuando quería pasear, se dirigió a un parque próximo a su casa. Aquél era el único lugar bonito del barrio, un jardín de verdes praderas, sembrado con castaños y plátanos, delimitado por setos y ahora, en la frontera entre la primavera y el verano, salpicado de multicolores macizos en flor. Allí, dejando atrás el bullicioso parquecito infantil, Laura se sentía tranquila.

De modo que, aquel atardecer, decidió perderse entre los solitarios senderos que cruzaban la zona menos concurrida del parque. Al cabo de un buen rato de deambular sin rumbo fijo, se detuvo junto a una pequeña fuente y paseó la vista en derredor, fijándose en las latas y los papeles que se amontonaban sobre la hierba. Torció el gesto. Incluso el lugar más hermoso de aquel maldito barrio estaba cubierto de suciedad...

Y, de pronto, ocurrió.

Eran dos jóvenes muy delgados, casi esqueléticos, de rostros angulosos y ojos enrojecidos. Vestían ropas raídas y sucias. Surgieron, como por arte de magia, de entre los arbustos. Uno empuñaba una navaja, el otro blandía un trozo de tubería como quien sostiene un garrote.

—¡Dame la pasta, tía, o te rajo! —gritó el de la navaja, aferrando a Laura.

La muchacha, aterrorizada, intentó en vano desasirse de aquella mano nervuda.

—¡Suelta la guita, *joé,* que te rompo el brazo! —exigió el de la tubería.

—No tengo dinero... —logró finalmente responder

Laura—. Os lo juro, estoy sin un duro... Dejadme en paz, por favor...

Los dos asaltantes intercambiaron una fugaz mirada de desconcierto. Luego, el de la navaja le echó un rápido vistazo a Laura y exigió en tono feroz:

—¡El *peluco!* ¡Vamos, guarra, suelta el *peluco!*

La muchacha tardó unos segundos en recordar que «peluco», en argot, significaba «reloj». Entonces comenzó a debatirse con mayor energía aún que antes.

—No, por favor —suplicó—, no me quitéis el reloj...

Pero enmudeció al notar que el filo de la navaja se incrustaba contra su cuello.

—¡Me *cagon'tos* tus muertos! —bramó uno de los atracadores—. ¡Dame el *peluco, desgraciá!*

Y entonces, inesperadamente, una voz suave y risueña sonó a sus espaldas.

—Eh, tíos, os estáis pasando con la pibita.

Sorprendidos, los dos asaltantes se volvieron a la vez y contemplaron al muchacho que, apoyado indolentemente contra un árbol, hacía girar entre sus dedos una vara de fresno.

Era Tomás.

—¡Largo de aquí, chaval! —gritó el de la tubería.

—¡Ahueca el ala, gilí, que te parto el alma! —agregó el de la navaja.

Tomás movió la cabeza de un lado a otro y chasqueó la lengua.

—¡Qué canguelo me dais! —dijo en tono burlón—. ¿Sabéis lo que pienso? Que sois unos *pringaos* que sólo valéis para meterle miedo a las periquitas. Un par de mierdas, vamos.

El de la tubería abrió mucho los ojos, como si no acabara de comprender lo que ocurría. Luego, tras unos instantes de duda, encajó los dientes y, profiriendo algo así como un rugido, se abalanzó contra el muchacho.

—¡Te voy a matar, mamón! —gritó.

Tomás sonrió, impávido ante la acometida del joven. E inesperadamente, empuñó la vara de fresno y la dirigió hacia los pies del atracador.

El de la tubería tropezó con la vara, trastabilló, perdió el equilibrio y se derrumbó pesadamente. Su cabeza golpeó contra un bordillo.

—¡Será *desgraciao!...* —balbuceó el de la navaja al ver que su compañero yacía en el suelo, medio inconsciente.

Luego apartó bruscamente a Laura y se encaró con el muchacho.

—¡Te voy a hacer rodajas como a una mortadela, enano de mierda! —amenazó, blandiendo la afilada hoja del estilete.

Tomás se ajustó las gafas de sol y ahogó un bostezo.

—No juegues con eso, colega —advirtió—, que te vas a pinchar.

El navajero contuvo el aliento y, súbitamente, se lanzó hacia delante, dirigiendo el filo del estilete hacia el vientre del muchacho.

La vara de fresno describió un breve arco en el aire, zumbando como un abejorro irritado, y restalló contra la mano que sostenía la navaja.

—¡Ay! —gritó el atracador.

El estilete se desprendió de sus dedos y rebotó contra el suelo. El navajero retrocedió unos pasos, sujetándose la mano dolorida, y se quedó inmóvil. Por el rabillo del ojo vio que su compañero se incorporaba tambaleante. El muchacho, entre tanto, le dio un puntapié a la navaja, para arrojarla al interior de un sumidero.

La escena pareció congelarse.

—¡Buu! —gritó de pronto Tomás, al tiempo que daba un paso hacia los atracadores con la vara en alto.

Sobresaltados, los dos jóvenes echaron a correr como almas que lleva el diablo.

—¡Míralos! —exclamó el muchacho entre carcajadas—. ¡Parecen conejos! —luego se volvió hacia Laura, que permanecía de pie, pálida y temblorosa, y preguntó—: ¿Estás bien, piba?

Laura parpadeó un par de veces, se dejó caer sobre un banco, ocultó el rostro entre las manos y rompió a llorar desconsoladamente. Tomás hizo un gesto de resignación y comenzó a juguetear con su vara, proyectando piedrecitas con ella como si manejara un palo de golf. Cuando consideró que ya había transcurrido el tiempo adecuado, se aproximó a la muchacha y dijo:

—Vamos, tía, que no es para tanto. Esos *pringaos* sólo son dos *yonquis* con el *mono.* Inofensivos como bebitos. Venga, cierra el grifo.

—No puedo... —musitó Laura entre lagrimones—. Todo va mal... Mi vida es un desastre...

—Ah, muy bonito —repuso Tomás, poniendo los brazos en jarras—. Te salvo de esos quinquis y tú, en vez de darme las gracias, te pones a darme la matraca con que la vida es chunga.

Laura tragó saliva y sorbió por la nariz, intentando controlar el llanto. Sacó un pañuelo del bolsillo y comenzó a enjugarse las lágrimas.

—Tienes razón... —musitó entre breves hipidos—. Dijiste que te llamabas Tomás, ¿verdad?... Pues muchas gracias, Tomás, has sido muy valiente...

El muchacho sonrió de nuevo.

—Bah, no importa. ¿Estás bien?

—Sí... Pero preferiría irme de aquí.

—Vale —accedió Tomás—. Te acompañaré.

Echaron a andar por el sendero que conducía a la salida del parque. Tras caminar en silencio durante un rato, el muchacho preguntó:

—¿Por qué no les diste el *peluco?*

—¿Qué?

—El reloj. Te pusiste como una fiera cuando esos muertos de hambre te lo quisieron mangar. ¿Es caro?

—Sí. Me lo regaló mi padre.

—Ya, y si lo perdieses, se mosquearía.

—No, mi padre murió. El reloj fue su último regalo.

Salieron del parque y se internaron por las calles del barrio, ahora iluminadas por la amarillenta luz de las farolas. Había muchos peatones deambulando por las aceras mientras el tráfico rugía en las calzadas.

—¿Tú dónde vives? —preguntó Laura.

Tomás hizo un gesto vago.

—Por ahí —dijo escuetamente.

—¿En El Pozo?

—Sí, a veces.

Laura asintió, pensativa. Todavía estaba algo nerviosa por el incidente del parque, pero había algo en aquel muchacho que le intrigaba.

—Ese anciano con el que estabas ayer —dijo—, ¿es familiar tuyo?

—¿Germán? No, tía, Germán es un colega. A veces, yo le cuido, pero lo normal es que él ande por ahí, a su rollo. Ahora mismo no tengo ni pajolera idea de dónde está.

—Ya... ¿Y tus padres?

Tomás se detuvo junto a un portal.

—Hemos llegado —dijo.

Laura enarcó una ceja.

—¿Cómo sabes dónde vivo?

—Porque alguna que otra vez te he visto entrar y salir de aquí —Tomás hizo un molinete con la vara de fresno y echó a andar—. Bueno, tía, me abro.

—No soy tu tía —dijo Laura en voz alta—. Me llamo...

—Laura, ya lo sé —la cortó el muchacho sin detenerse—. Nos vemos, pibita...

* * *

El viejo borracho despertó bruscamente en la oscuridad, rodeado por los cartones y embalajes que le servían de lecho. Durante unos instantes no supo dónde se encontraba; finalmente, entre los vapores que nublaban su mente, recordó el edificio aislado (y aparentemente abandonado) en el que había buscado refugio.

Tendió la mano a la botella de vino que horas antes le había servido de compañía, pero estaba vacía. Profirió una apagada maldición.

Entonces escuchó ruidos en el exterior. Era el sonido de un motor, y rumor de pasos, y voces apagadas.

El viejo torció el gesto y consideró la idea de ignorar todo aquel barullo y volver a dormirse. A fin de cuentas, todavía era de noche. Pero el efecto del alcohol había menguado lo suficiente como para permitir que la curiosidad se abriese paso a través de los brumosos meandros de su cerebro, así que decidió averiguar qué estaba pasando.

Salió del edificio por el mismo lugar por el que había entrado, una ventana con el pestillo roto, y, amparándose en las sombras, se dirigió hacia la parte frontal de la casa. Aquella construcción se encontraba en el campo, en medio de una finca plagada de pinos, de modo que no había ninguna fuente de luz en las proximidades. Afortunadamente, la luna llena brillaba con tanta intensidad en el cielo que casi parecía de día.

Al llegar a la altura de la fachada, el viejo decidió mostrarse prudente y buscó refugio en unos arbustos desde los cuales podría espiar sin ser visto. Asomó la cabeza cautelosamente por entre el ramaje y contempló la escena que tenía lugar frente a la entrada principal de la casa.

Había dos vehículos con las luces apagadas: una furgoneta negra y otra blanca. Cuatro hombres se movían silenciosamente a su alrededor. Dos de ellos abrieron las puertas traseras de la furgoneta negra y sacaron algo, un bulto grande, de su interior.

El viejo aguzó la mirada... No, no se trataba de un bulto... ¡Era un ser humano! Parecía una chica muy joven, desmayada o muerta.

Los dos hombres transportaron a la muchacha en dirección a la otra furgoneta. Mientras la introducían en el compartimiento de carga, el viejo advirtió que algo se desprendía del cuerpo de la chica y caía al suelo. Nadie más pareció darse cuenta de aquello.

Los desconocidos hablaron unos instantes entre sí, en voz muy baja. Luego subieron a los vehículos y se alejaron por el camino de tierra que conducía a la carretera general. Al llegar allí, las furgonetas partieron a toda velocidad en direcciones distintas.

El viejo, repentinamente sobrio, permaneció unos minutos oculto tras los arbustos, hasta asegurarse de que no había nadie más por los alrededores. Finalmente, salió de su escondite y se aproximó vacilante al lugar donde habían estado aparcadas las furgonetas. En el suelo, medio oculto entre unas hierbas, se encontraba el objeto que se le había caído a la muchacha. Se inclinó para recogerlo. Era un papel arrugado con algo escrito en una de sus caras. El viejo lo desdobló y le echó una ojeada a aquel texto trazado por una impresora de ordenador.

Una línea aparecía resaltada en la parte superior: «O Rh+». Más abajo había un listado de términos incomprensibles seguidos de varias cifras. «Velocidad de sedimentación», «Leucocitos», «Eritrocitos»...

El viejo sacudió la cabeza y guardó el papel en un bolsillo. Luego se encaminó a la parte trasera de la casa y regresó, a través de la ventana rota, a la habitación donde había dormido. Por primera vez se percató de que aquel recinto lleno de paquetes y embalajes era una especie de almacén.

Meditó unos instantes. Allí pasaba algo muy raro... Fijó la mirada en uno de los paquetes que atestaban el almacén y, con repentina determinación, comenzó a abrirlo.

Estaba lleno de folletos.

Cogió uno y lo contempló con curiosidad. Decididamente, ahí sucedía algo muy extraño. Guardó el folleto en el bolsillo, junto al papel que había encontrado en el exterior, y le dirigió una mirada a la vacía botella de vino que descansaba en el suelo.

Tenía sed, pensó, y estaba sobrio. Y no le gustaba estar sobrio, quería emborracharse. Pero allí no había nada que beber, de modo que, si quería alcohol, tendría que salir a buscarlo. Aunque todavía era noche cerrada... El viejo permaneció unos instantes dubitativo. Luego tomó una decisión: no muy lejos había una gasolinera, allí podría comprar vino.

Salió de nuevo por la ventana y comenzó a alejarse en dirección a la carretera. No, no pensaba quedarse ni un minuto más en ese lugar.

Aquella solitaria casa, de pronto, le daba miedo.

Las peores desgracias son aquéllas en las que no hay responsables, porque nos dejan inermes, impotentes, arrebatándonos incluso el pobre consuelo de poder echarle la culpa a alguien. Por eso es tan frecuente que, ante esa clase de desgracias, las personas busquen un chivo expiatorio sobre el que descargar su pena y su frustración.

Yo escogí a mamá para cumplir esa tarea.

No fue una decisión premeditada, por supuesto; ella estaba allí, a mano, y mi inconsciente decidió culpabilizarla. A fin de cuentas, fue Begoña la responsable de nuestro traslado a aquel barrio que tan horrible me parecía entonces. Y también fue ella la que, de ser una mujer elegante y sofisticada, pasó a convertirse en una simple secretaria.

El hecho de que mi madre se viera tan arrastrada por las circunstancias como yo misma no fue un atenuante que yo tuviera en cuenta. Sabía, por supuesto, que ella lo estaba pasando mal, que no actuaba así por gusto, pero en mi fuero interno pensaba que Begoña podría haber hecho las cosas mejor o, al menos, que podría haber estado más preparada para afrontar una situación así.

Fui muy injusta, ya lo sé. Éramos como dos náufragos arrojados al temporal, y lo único que yo hacía era culparla a ella de que el bote donde nos habíamos refugiado fuese húmedo y feo. Pero yo tenía entonces diecisiete años y estaba confusa y perdida.

También es verdad que mamá buscó consuelo en el pasado, creando un mundo de recuerdos y melancolía en el que yo no tenía, ni deseaba tener, cabida. Y no es menos cierto que, a raíz de la muerte de papá, Begoña volcó todas sus esperanzas en mí, intentando protegerme y guiarme hasta un punto muy próximo a la asfixia. Pero, ¿qué otra cosa podía hacer ella? Ambas dábamos palos de ciego, intentando, cada una a su manera, sobrevivir de la mejor forma posible.

En cualquier caso, tampoco deseaba preocuparla más de lo que ya estaba, de modo que no le conté nada acerca de los dos yonquis *que intentaron robarme. De igual modo, no le hablé de Tomás. Sin embargo, parecía que, tras haber entrado en mi vida, aquel extraño muchacho se resistía a salir de ella.*

Recuerdo que el día siguiente era sábado y mamá no tenía que ir a trabajar. A eso de las diez de la mañana yo me encontraba en mi cuarto, leyendo.

Entonces sonó el timbre de la puerta...

Capítulo tres

—Tienes una visita, Laura —dijo Begoña desde el pasillo.

Laura dejó a un lado el libro que estaba leyendo, se levantó de la cama y abrió la puerta del dormitorio.

—¿Quién es? —preguntó extrañada (hacía mucho tiempo que no recibía visitas).

—Un niño. Dice que es amigo tuyo.

Laura sospechó al instante de quién se trataba, pero no por ello dejó de sorprenderse cuando se dirigió a la entrada y contempló la ya familiar figura de Tomás, con sus negras gafas de sol, su coleta, su camisa blanca, sus raídos vaqueros y la sempiterna vara de fresno en una mano.

—¿Qué haces aquí? —preguntó ella.

—¿No te alegras de verme, pibita? —repuso Tomás con una sonrisa irónica.

—Oh, no, no es eso. Es que..., bueno, no te esperaba.

—Pues aquí estoy —la vara giró entre los dedos del muchacho—. Quería invitarte a dar un paseo.

—¿Cómo?

—Un paseo. No es tan raro. Hace una mañana chachi y, además, tengo una sorpresa para ti.

Laura frunció el ceño.

—Oye, tú no estarás pensando en... —vaciló unos instantes—. ¿Cuántos años tienes?

—¿Cuántos dirías?

—Catorce como mucho. Y yo tengo diecisiete. Así que supongo que no estarás intentando...

—¿Ligar? —Tomás se echó a reír—. ¡Mira la *top model!* —prosiguió burlón—. ¡Pero si estás más lisa que una tabla de planchar!

Laura enrojeció. Siempre se había sentido algo acomplejada por la brevedad de su busto.

—Tampoco hay que ponerse faltón... —refunfuñó.

—Venga, tía, no te mosquees. Y *tranqui:* eres demasiado vieja para mí. Sólo quiero invitarte a dar un paseo.

—Pues... —dudó ella.

—Vamos —insistió él—. Hay una sorpresa, y te gustará.

En realidad, Laura no tenía nada mejor que hacer, de modo que finalmente accedió. Tras despedirse de su madre, salió a la calle y siguió a Tomás hasta abandonar el barrio. Entonces se adentraron por un sendero que corría paralelo a la barriada de El Pozo. Caminaron unos minutos en silencio, a campo través, y llegaron por fin a la pequeña arboleda que, como un oasis, se alzaba en medio del erial.

—Ésta es la sorpresa —dijo Tomás, señalando con la vara hacia los dos caballos blancos que, con todos sus aparejos, permanecían atados por las bridas a una rama.

—¡Qué preciosidad! —exclamó Laura, aproximándose boquiabierta a los animales—. ¿Son tuyos?

—No.

Laura se sobresaltó.

—Oye, ¿no los habrás...?

—¿Robado? —el muchacho se echó a reír de nuevo—. No, piba; me los ha prestado un amigo. Pensé que te apetecería montar un rato.

—Claro que me apetece —Laura acarició la cabeza de uno de los caballos—. Antes, cuando vivía papá, solíamos ir los fines de semana a un picadero.

—Me lo imaginaba —dijo Tomás con expresión burlona—. Las pijas soléis hacer cosas así.

—No soy una pija —protestó Laura, airada.

—Ah, ¿no lo eres? —el muchacho desató las bridas de uno de los caballos y subió a su grupa de un salto—. ¡Pues sígueme si puedes!

Y, tras hacer zumbar la vara junto a la oreja del animal, se alejó a galope tendido. Laura, por su parte, no lo dudó dos veces: montó en el otro caballo, le golpeó con los talones en los flancos y partió en pos del muchacho.

Al principio sólo permitió que el animal avanzara con un nervioso trote (hacía más de dos años que no montaba y se sentía algo insegura), pero no tardó en recuperar la confianza, así que azuzó al caballo hasta que éste alcanzó su máxima velocidad, entregándose sin reservas a una vertiginosa galopada.

Y entonces Laura dejó de pensar y se limitó a sentir. El aire en la cara, sus cabellos ondeando al viento, la pesada respiración del animal y el redoble de los cascos al chocar contra la tierra. Atrás quedaron los problemas y las tristezas, y volvió a sentirse como cuando era pequeña y volaba a lomos de un corcel junto a su padre. Era la pasajera del viento, y el mundo fluía a su alrededor luminoso y fugaz.

No tardó mucho en alcanzar a Tomás, que la recibió con un grito de júbilo al tiempo que blandía la vara de fresno, como si fuera un húsar cargando contra un invisible enemigo. Y juntos galoparon sin rumbo fijo, ebrios de velocidad y alegría.

Luego pusieron freno a su alocada carrera y avanzaron al paso, permitiendo a los caballos recuperar el resuello. El paisaje era extraño: campos sin cultivar, yermos y pedregosos, se alternaban con sembrados de trigo y cebada; naves industriales alzándose al lado de pequeñas granjas; cables de alta tensión, postes de teléfono, cementerios de coches.

En otro momento, Laura hubiese considerado feo y desagradable un entorno como ése, pero ahora, por algún motivo, le parecía que aquel paisaje del extrarradio estaba revestido de una rara belleza.

Un par de horas más tarde se detuvieron en la cima de un altozano, bajo la sombra de un enorme pino, y permitieron que los caballos vagaran libremente, mordisqueando a su antojo las hierbas que crecían por los alrededores. La ciudad se perfilaba en el horizonte como los dientes irregulares de una sierra descomunal.

—Gracias —dijo Laura, tomando asiento sobre una piedra.

—¿Por qué, coleguita?

—Por tu sorpresa. Hacía muchos años que no me sentía tan bien.

Tomás se dejó caer sobre la hierba, arrancó una espiga de trigo silvestre y la encajó en la comisura de los labios. Después se tumbó boca arriba, con la nuca descansando sobre los dedos entrelazados. Dos soles gemelos se reflejaban en los oscuros cristales de sus gafas.

—¿Qué te pasa, pibita? —preguntó con voz suave—. ¿Por qué pareces siempre tan triste?

Laura suspiró. En otras circunstancias probablemente hubiera esquivado la pregunta, guardándose sus cuitas para sí, pero aquella mañana era especial y, además, ya estaba harta de no poder hablar con nadie, de modo que se lo contó todo a Tomás: la muerte de su padre, el cambio de casa, su soledad, los problemas con su madre, la decisión de dejar los estudios, el irresistible deseo de largarse de allí. Todo.

Cuando concluyó su historia, Tomás permaneció unos segundos sentado sobre la hierba, silencioso. Enarcó una ceja.

—Vaya culebrón que me has contado, tía —dijo con displicencia—. La pobre niña rica se ha quedado sin su papaíto; ¡ay, qué pena más grande! Y ahora la niñita está con la chusma, y como no quiere mancharse las manos, nunca sale de casa. ¿Ves como eres una pija?

Laura se incorporó de golpe.

—¡No te burles! —exigió, muy enfadada.

—¿Te crees que eres la única que las ha pasado chungas? —repuso tranquilamente Tomás—. Pues no, tía, cantidad de gente está mucho peor que tú, y no van por el mundo sintiendo pena de sí mismos. Ni se dan esos aires de princesita de mírame y no me toques. No, piba, tú no sabes lo que es pasarlo mal.

—Y tú sí que lo sabes, ¿no?

—Puede... —el muchacho sonrió—. Pero no te mosquees, tía, que sólo digo lo que pienso. Y si estoy equivocado, pues tampoco pasa nada.

Laura procuró calmar su malhumor y volvió a sentarse.

—Vale —dijo—. Pues ahora hablemos de ti. ¿Dónde están tus padres?

Tomás volvió a tumbarse. Su rostro adquirió una expresión soñadora.

—Mi madre era una princesa gitana del Sacromonte que se enamoró de un guardia civil. Yo fui el fruto de esos amores prohibidos. Luego, cuando se separaron, mi madre, con el corazón roto, me dejó abandonado a la puerta de un convento.

—¿En serio?... —preguntó Laura, boquiabierta.

Tomás se echó a reír.

—¡No hay princesas gitanas, pibita! —exclamó entre carcajadas—. Esa chorrada me la acabo de inventar. Mira que eres inocente.

—Vamos, por favor, deja de burlarte de mí...

El muchacho suspiró.

—No me burlo. Mira: es cierto que me abandonaron cuando yo era un mamoncete, pero no en un convento, sino en un contenedor de basuras. La policía municipal me encontró y fui a parar a un hospicio. No sé quiénes fueron mis padres ni lo sabré nunca, así que pueden ser cualquiera. Por eso me los invento: quizá algún día acierte.

Laura meditó unos instantes.

—Pero todavía eres un crío —repuso—. Deberías seguir en el hospicio.

—Ahora los llaman centros de acogida para menores —Tomás se encogió de hombros—. Me escapé.

—¿Y no tienes una casa donde vivir?

El muchacho se incorporó e hizo un amplio ademán.

—El mundo es mi hogar, pibita, y nadie tiene una casa más grande —señaló hacia la lejana ciudad—. Mira esos edificios —prosiguió—: son cajas. Las personas están empaquetadas. Se despiertan por las mañanas en sus cajitas y se montan en sus coches, que son cajas con ruedas, y van a currar a unos lugares que sólo son cajas algo mayores. Y cuando mueren, los meten en otras cajas y los entierran. A la gente le gustan las cajas, pero a mí no. Yo no quiero más techo que el cielo, ni otras paredes que las montañas.

Laura suspiró.

—En el fondo te envidio —murmuró con ojos soñadores—. Me gustaría tener el valor de romper con todo y echarme a la carretera, conocer el mundo, viajar...

Tomás profirió una carcajada sarcástica.

—¡Tú durarías aquí fuera menos que un caramelo a la puerta de un colegio! —exclamó.

—Vaya —repuso Laura cruzándose de brazos—; parece que no tienes muy buena opinión sobre mí.

—No, no es eso —el muchacho señaló con un cabeceo hacia la ciudad—. Mira, allí todo está ordenado. Hay normas, hay leyes, hay *polis*. Si sigues las reglas, estás a salvo. Pero fíjate en El Pozo: ahí se acaba el orden y comienza la selva. Y en esa selva hay tigres, pibita, fieras salvajes.

—Pero tú, que sólo eres un crío, vives en la selva y no te pasa nada.

—Yo soy Tarzán —rió Tomás—; el rey de la jungla —hizo una pausa—. ¿Te acuerdas de Germán? —prosiguió, repentinamente serio—, el viejo que te asustó el otro día. Pues antes era como tú. Vivía en una casa, tenía un buen *buga,* trabajo y una familia. Pero un mal día, hace muchos años, su coche se salió de la carretera. Él sobrevivió, pero su mujer y su hijo pequeño la palmaron. Cuando salió del hospital, empezó a darle a la *priva,* se convirtió en un borracho. Y perdió el trabajo y la casa, y se encontró en la puñetera calle. Pero los tigres no se lo comieron, ¿y sabes por qué? Porque a nadie le importa nada un maldito borracho.

—Salvo a ti —apuntó Laura.

—Yo no soy una fiera, pibita —suspiró—. Lo que quiero decirte es que Germán no tiene interés para nadie, por eso sobrevive. Pero una tía como tú, joven y más inocente que el chiste de una monja..., ¡ay!, eso es otra cosa.

Laura enarcó las cejas.

—Según tú —dijo—, soy una pija y una inútil —sacudió la cabeza con perplejidad—. La verdad, no entiendo por qué te molestas en hablar conmigo.

Tomás sonrió pícaramente. Luego se desperezó como un gato y se puso en pie.

—Es tarde, tenemos que volver —dijo, aproximándose a su caballo; pero antes de montar, se volvió hacia la muchacha y agregó—: Sí que eres una pija, pibita. Pero, ¿sabes?, a lo mejor consigues dejar de serlo.

* * *

El viejo borracho le dio un largo trago a la botella de vino y paseó la mirada por las solitarias callejas de El Pozo. Durante el mediodía, cuando el Sol brillaba con toda su intensidad, los moradores de la barriada buscaban refugio en sus chabolas, huyendo del calor.

Pero al viejo le importaba un bledo la temperatura ambiente; sólo le interesaba el agradable calorcillo del alcohol al descender por su gaznate. Ésa era su idea de la felicidad. Sin embargo, algo no marchaba bien. Por algún motivo, ahora el vino adquiría un regusto amargo en su garganta. Aunque aquello, él bien lo sabía, no era culpa de la bebida, sino de su conciencia.

El viejo torció el gesto y dejó la botella, aún medio llena, en el suelo. Estaba de mal humor; le fastidiaba pensar con claridad, porque la lucidez le traía recuerdos tan dolorosos como puñaladas. Por eso bebía, para no pensar. Pero ahora la maldita conciencia le impedía emborracharse, y su cerebro no cesaba de dar vueltas y más vueltas, sin parar.

¿Qué había visto la otra noche en aquella casa aislada y solitaria? A unos desconocidos transportando el cuerpo de una chica de una furgoneta a otra, en la oscuridad, con sigilo.

La chica podía estar desmayada, o quizá muerta. Algo terrible estaba ocurriendo, de eso no cabía duda, y él había sido testigo involuntario de aquel espanto.

Hundió la cabeza entre los hombros. Durante los escasos momentos en que estaba sobrio, como ahora, comprendía con absoluta claridad que había arrojado su vida a la basura, que sólo era un despojo humano sin ningún futuro. Ser consciente de ello le provocaba tal ansiedad y dolor que no podía evitar sumergirse en la torpe anestesia del alcohol, buscando el triste consuelo de la inconsciencia.

Pero ahora era distinto. A lo mejor había una rendija de esperanza para él, quizá su vida aún tuviera un objetivo. Había sido testigo de algo que no comprendía, pero que resultaba espantoso, aterrador, y si se lo proponía, podía descubrir de qué se trataba exactamente, sacarlo a la luz y ser alguien, quizá un héroe.

Se incorporó con aire decidido y le dio una patada a la botella de vino, que rodó por el suelo derramando su rojo contenido. Sí, pensó el viejo mientras erguía la cabeza y echaba a andar; ahora tenía un objetivo.

Aquella misma noche regresaría a la casa abandonada y averiguaría lo que estaba pasando allí.

* * *

El despacho del Maestro era una habitación tenuemente iluminada con luces indirectas, carente de adornos y apenas amueblada. Al fondo, un ventanal acristalado se abría sobre un lago de montaña. Enfrente había un escritorio *art déco* sobre el que descansaban una pantalla y un teclado de ordenador. Detrás, un sillón de cuero negro. Delante, dos sillas. Nada más.

Sentado en el sillón, el Maestro contemplaba fijamente a los dos hombres que ocupaban los asientos situados frente a él. Uno de ellos se llamaba Martín; el otro, Elías. En la organización del Maestro eran conocidos como «prospectores», pero en realidad se dedicaban a la caza.

Cazaban gente.

—Os preguntaréis por qué os he hecho venir —dijo el Maestro con voz grave y armoniosa; sin aguardar respuesta, prosiguió—: Sois mis dos mejores prospectores, de modo que este asunto os concierne en particular. Tenemos un problema. Uno de nuestros clientes está insatisfecho y, me duele decirlo, con razón. Le estamos fallando.

Elías se removió en su asiento.

—Nosotros seguimos consiguiendo cuerpos —protestó—, cada vez más...

—Pero no el cuerpo adecuado —le interrumpió el Maestro—. Ah, no, el cuerpo que necesitamos no ha aparecido todavía.

—La culpa la tiene esa maldita sangre —se excusó Elías—. Es muy rara...

El Maestro clavó sus ojos en él, taladrándole con una mirada tan intensa y oscura que parecía querer robarle el alma y la voluntad. Elías tragó saliva y enmudeció.

—No me gustan las excusas —dijo el Maestro con voz de hielo—. Me ofende su sonido —hizo una pausa—. Nuestra organización comercia con un producto básico: la vida. Y hay mucha gente que confía en nosotros. Pero esa gente no nos juzgará por nuestros aciertos, sino por nuestros fracasos. Por eso no podemos permitirnos ningún error.

Martín, que hasta el momento no había abierto la boca, sonrió con cierta suficiencia y se inclinó hacia delante.

—Una de cada ciento cincuenta personas —dijo con firmeza— posee las características que andamos buscando. Ha sido cuestión de mala suerte que la presa adecuada no haya aparecido todavía. Pero ahora llega el verano, y ésa es una buena época de caza. Pronto tendrá lo que quiere, señor.

El Maestro asintió, complacido.

—Espero que así sea, Martín, hijo mío —respiró profundamente y agregó—: Traedme ese cuerpo cuanto antes. Y ahora, marchaos.

Volvió la mirada hacia un rincón oscuro. Apenas un segundo después, casi sin transición, su mente se encontraba lejos de allí, ocupada en extraños pensamientos, totalmente ajena a los dos hombres que, en silencio, abandonaban el despacho para cumplir su terrible tarea.

Finalmente, se produjo una muerte.

El cadáver apareció en El Pozo, tirado entre unos cartones, como un muñeco roto y abandonado.

Ocurrió al día siguiente de mi paseo a caballo con Tomás.

Supongo que ése fue el auténtico comienzo de mi historia o, al menos, el principio de la increíble aventura que, a raíz de aquella muerte, protagonicé. Pero entonces no fui consciente de ello. De hecho, cuando me dijeron que había aparecido un cadáver en El Pozo, no podía ni imaginar que se trataba de alguien a quien yo conocía.

En cualquier caso, el cuerpo estaba allí, y aquél fue el primer escalón en mi descenso a los infiernos.

Capítulo cuatro

Amanecía en El Pozo. Dos coches policiales permanecían cruzados en la calle, con sus luces giratorias proyectando relámpagos azules. Tres de los cuatro agentes uniformados estaban de pie junto al cadáver que yacía sobre unos cartones, al lado de una casamata de ladrillo con techo de uralita. El cuarto policía se hallaba sentado en el interior de uno de los vehículos, hablando por radio. Varios grupos de curiosos (hombres y mujeres de aspecto tan miserable como hostil) se congregaban en torno a la escena.

Un automóvil negro apareció calle arriba y se aproximó velozmente al lugar, hasta detenerse, con un brusco frenazo, junto a los coches policiales. El hombre que descendió del vehículo tenía poco menos de cincuenta años, no era alto, pero sí muy recio, y llevaba el pelo extremadamente corto. La expresión de su rostro parecía tallada en piedra.

—Buenos días, inspector Arriaga —dijo uno de los agentes, acercándose al recién llegado—. ¿Cómo usted por aquí?

—Escuché en la radio que había aparecido un cadáver y decidí echar un vistazo. ¿Quién ha muerto?

—Un mendigo, inspector. Un viejo.

Un viejo... Arriaga se relajó casi imperceptiblemente. Luego se aproximó al cadáver y lo examinó atentamente con la mirada. Era un anciano barbudo, de aspecto sucio y ajado. La expresión de su cara parecía apacible, como si la muerte le hubiese sorprendido durmiendo.

—¿Quién es? —preguntó Arriaga.

El agente sacó del bolsillo un mugriento carné de identidad y le echó un vistazo.

—Germán López Iglesias —dijo—. Tenía sesenta y cuatro años, y llevaba diecisiete sin renovar el carné. Los vecinos dicen que era un mendigo habitual de la barriada.

—No hay señales de violencia —comentó el inspector.

El agente se encogió de hombros.

—Debió de agarrarse una buena curda y la diñó en mitad de la noche. Es uno entre tantos, inspector. Basura.

Arriaga advirtió por el rabillo del ojo que, justo en ese momento, hacía acto de presencia el furgón de atestados, así que se apartó del cadáver para no molestar y encendió un cigarrillo.

Aspiró una densa bocanada de humo y paseó la mirada por entre los curiosos que se congregaban en los alrededores. Mujeres en bata, ancianos en camiseta, macarras de rostro anguloso, *yonquis* cadavéricos, niños con ojos de viejo. Los rostros de la miseria, él los había contemplado muchas veces. Pero no el rostro que andaba buscando, ¡ay!, ése no.

Sin saber por qué, se fijó en un muchacho que llevaba el pelo recogido en una coleta. Estaba gracioso con aquellas gafas de sol tan oscuras, pensó. Como si fuera una versión reducida de los *Blues Brothers*.

El inspector Arriaga dio una última calada al cigarrillo y lo arrojó al suelo.

—Tengo que dejar este maldito vicio —masculló para sí, aplastando la colilla con el pie.

Cuando alzó la mirada, el muchacho ya no estaba allí. Durante una fracción de segundo el policía se sintió desconcertado. Luego sacudió la cabeza, montó en su coche y arrancó. Mientras dejaba atrás la barriada de El Pozo sus pensamientos se tornaron sombríos.

¿Cuánto más había de durar aquello? Al principio creyó que, con el tiempo, llegaría a acostumbrarse, pero se equivocó.

Porque incluso ahora, dos años después, cada vez que la radio de la policía anunciaba la aparición de un hombre muerto, el corazón del inspector Arriaga se encogía ante la posibilidad de que pudiera ser el cadáver de su hijo.

* * *

A media mañana, los agentes retiraron el cuerpo del mendigo. Poco después, los coches policiales partieron veloces, y los últimos curiosos, comprendiendo que ya nada más iba a suceder allí, optaron por ir a perder el tiempo a otra parte.

A las doce del mediodía aquella zona de El Pozo se encontraba tan solitaria como de costumbre.

A las doce y un minuto apareció Tomás.

El muchacho se aproximó al sitio donde habían encontrado el cadáver y permaneció un rato contemplando los cartones de embalar que, supuestamente, habían constituido el último lecho de Germán. Lo cierto es que no le dedicó demasiado tiempo a aquello, ya que él sabía que se trataba del lugar incorrecto. Germán nunca pasaba las noches allí.

Apenas cinco minutos después, Tomás abandonó la zona y se dirigió al extremo sur de la barriada. Tras dejar a su espalda las últimas chabolas, se internó por un sendero que acababa desembocando en un puente de piedra sobre el que discurría la vía del tren.

Ahí estaba: ése era el hogar de Germán.

El muchacho descendió con agilidad por el terraplén que conducía a la pequeña vaguada y caminó hasta situarse bajo el arco del puente. Le echó un vistazo al mugriento colchón que yacía sobre el suelo de tierra, junto al muro, y se aproximó a un montón de piedras situado un par de metros más allá. Se inclinó y comenzó a apartar los cascotes hasta descubrir la raída mochila que estaba enterrada bajo ellos. Ahí, en ese escondite, guardaba Germán sus escasas pertenencias.

Abrió la mochila y examinó cuidadosamente su contenido: ropa vieja, periódicos atrasados, rollos de cuerda, bolsas de plástico... Debajo de todo encontró una

caja de lata envuelta en trapos. La caja donde Germán atesoraba sus más preciadas posesiones. Tomás la abrió.

En su interior no había gran cosa. Un anillo de oro que el viejo mendigo halló en algún lugar, una linterna sin pilas, un mechero de gas sin gas, una navaja de mellado filo... y algo más, algo incongruente y extraño: un folleto unido a un impreso de ordenador mediante un herrumbroso clip.

Tomás enarcó una ceja mientras leía con suma atención ambos papeles. Cuando acabó, los dobló cuidadosamente y se los guardó en el bolsillo. Luego se rascó la cabeza, pensativo.

¿Por qué Germán consideraba tan valiosos aquellos, en apariencia inofensivos, documentos?

* * *

Como solía hacer todos los domingos, Laura había pasado la tarde deambulando por las suntuosas calles del centro de la ciudad, dedicándose a contemplar los cuidados escaparates de las tiendas, o a pasear por hermosos jardines en los que no había *yonquis* ni atracadores.

Para ella, esa actividad, rodearse de cosas lujosas y bellas, suponía una especie de rito purificador. Era como darse una ducha muy caliente que, aunque sólo fuera durante unas horas, la limpiara de la miseria y fealdad de su vida cotidiana. Pero todo acaba, y Laura, una vez más, tuvo que abandonar la ciudad de los ricos para dirigirse al triste barrio del extrarradio donde ahora se encontraba su hogar.

El Sol comenzaba a ocultarse por detrás de los edificios cuando la muchacha llegó frente a su casa. Justo en ese momento, Miguel, su vecino del cuarto, salía del portal.

—Ah... Hola, Laura...

—Hola —contestó ella, pasando de largo.

—Antes he ido a verte —la contuvo el muchacho—; pero tu madre me ha dicho que habías salido.

Laura se detuvo con un fugaz gesto de fastidio. Regresar a su barrio siempre la ponía de malhumor.

—¿Sí? Bueno, ¿qué querías?

—Oh, pues... —Miguel carraspeó—. Había pensado que, a lo mejor, te apetecía ir conmigo al cine esta noche.

—No. Esta noche no.

—¿Y mañana?

—Tampoco.

—Bueno, pues otro día, cuando te venga bien...

Laura suspiró.

—Mira, Miguel, estoy segura de que eres un buen chico, pero tú y yo no podemos ir al cine, ni..., en fin, ni hacer nada juntos.

—Pero... ¿Por qué?

—Porque somos diferentes.

El rostro de Miguel se ensombreció.

—¿Diferentes? —repitió, como si no comprendiera la palabra—. Vamos al mismo colegio, estudiamos el mismo curso, vivimos en el mismo edificio y tenemos la misma edad. ¿En qué somos diferentes? —su expresión se endureció—. Ah, ya... Mi padre trabaja en una fábrica, es un obrero; ésa es la diferencia, ¿verdad?

Laura sacudió la cabeza.

—No lo entiendes... —musitó.

—No, no lo entiendo —Miguel irguió la espalda, muy serio—. Perdona si te he molestado.

Tras decir eso, echó a andar dignamente calle arriba. Laura permaneció unos segundos inmóvil, confusa sin saber por qué, contemplando cómo el muchacho desaparecía de su vista.

—Ese colega está colgado contigo, pibita —dijo inesperadamente una voz.

Sobresaltada, Laura se giró en redondo.

—¡Tomás! —exclamó al reconocer al muchacho—. Menudo susto... ¿De dónde has salido?

—No te vayas por peteneras. Ese chaval, tu vecino, está coladito por ti.

—¿Tú crees? —repuso ella con indiferencia—. No me había dado cuenta.

Tomás esbozó una sonrisa torcida.

—Sí que te habías dado cuenta, mentirosa —hizo una pausa—. El chico parece guapo. ¿Por qué no le das cuartelillo?

—Porque no me interesa lo más mínimo. ¿Vale?

El muchacho se echó a reír.

—¿La princesita está esperando a su príncipe azul? —dijo burlón.

Laura puso los brazos en jarras.

—Oye —contestó enfadada—, si has venido a burlarte de mí, ya te puedes ir largando. Y en cuanto a con quién salgo o con quién dejo de salir, es asunto mío. ¿Está claro?

Tomás alzó una mano, como queriendo contener

con ese gesto el enojo de la muchacha.

—Vale, piba, no te sulfures. No he venido a vacilarte, sino a pedirte un favor.

—¿Un favor?

Tomás se ajustó las gafas de sol. Su expresión se tornó seria.

—Esta mañana —dijo—, han encontrado a un hombre muerto en El Pozo.

—Eso he oído. ¿Y qué?

—Era Germán —le interrumpió el muchacho.

—¿Germán?...

—Sí, el fiambre era Germán. Mi colega, el viejo borracho que te asustó el otro día.

—Ah... —Laura puso cara de circunstancias—. Vaya, lo siento. ¿De qué murió?

—No lo sé. Precisamente ése es el favor. La *poli* se ha llevado el cuerpo de Germán para hacerle la autopsia. Quiero que hables con el forense y te enteres de qué ha muerto.

—¡Pero yo no puedo hacer eso! —protestó ella.

—Claro que puedes. Vas al Instituto Anatómico Forense, dices que conocías a Germán del barrio y preguntas qué le pasó. No hay problema.

—Pues si es tan sencillo —repuso Laura, a la defensiva—, ¿por qué no lo haces tú?

Tomás levantó el dedo índice de la mano derecha.

—En primer lugar —dijo—, porque soy un crío y no me harían ni puñetero caso. Pero tú eres una pibita joven y mona, así que serán amables contigo —elevó el dedo corazón—. En segundo lugar, si la *poli* me pilla iré a parar otra vez a un centro de acogida, y será un latazo tener que volver a fugarme. No, yo no puedo hacerlo. Tienes que ayudarme tú.

Laura sacudió la cabeza.

—Es absurdo —protestó—. Ese amigo tuyo, Germán, debió de morirse de una borrachera. No tiene sentido que yo vaya a perder el tiempo en...

—Te salvé —la cortó Tomás.

—¿Qué?

—Los dos *yonquis* del parque. Iban a robarte y yo te salvé. Estás en deuda conmigo.

La muchacha torció el gesto.

—Está muy feo eso de echar en cara los favores —refunfuñó.

—Pues aún es peor ser una desagradecida —replicó Tomás.

Laura sacudió la cabeza con pesadumbre.

—Vale —accedió de mala gana—. Intentaré averiguar qué narices le pasó a tu amigo.

—¿Mañana mismo?

—Sí, maldita sea.

Tomás sonrió de oreja a oreja.

—¡Eres una coleguita! —exclamó—. Bueno, piba, me abro —echó a andar, balanceando alegremente la vara de fresno, pero se detuvo a los pocos metros—. Ah, se me olvidaba —dijo, dándose un golpecito en la frente—: cuando hables con el forense, entérate de cuál era el grupo sanguíneo de Germán. ¿Vale?

Recuerdo que entonces todo aquello me pareció una tontería. Muchos mendigos fallecían al cabo del año por las más diversas causas naturales (de frío, de enfermedad, por accidente o por exceso de alcohol) y no veía ningún motivo por el cual Germán fuese la excepción.

Sin embargo, tal y como le había prometido a Tomás, el lunes por la mañana me dirigí al Instituto Anatómico Forense y solicité información sobre el cadáver que había aparecido el día anterior en El Pozo. Tras un rato de espera, llegó un médico forense y me dijo que todavía no se había llevado a cabo la autopsia, pero que ésta estaba prevista para las cuatro de la tarde. En veinticuatro horas, añadió, dispondría de los primeros resultados.

Le di las gracias y dije que volvería al día siguiente. Él me preguntó si era familiar del fallecido, y yo le conté la historia sugerida por Tomás: que conocía a Germán del barrio, que había hablado con él muchas veces y que, al enterarme de su muerte, había decidido ir al Instituto para interesarme al respecto. El médico pareció aceptar de buen grado mi explicación y, sin hacer ningún comentario, se despidió de mí amablemente. Luego regresé a casa.

No tuve noticias de Tomás a lo largo del día. Eso me extrañó, ya que aquel muchacho había mostrado gran interés en averiguar las causas de la muerte de su amigo, pero no le di mucha importancia. A fin de cuentas, estaba convencida de que todo aquello era algo absolutamente inocente. Y así fue como, sin darme cuenta, comencé a hurgar con un palo en un avispero.

No, la muerte de Germán, el viejo mendigo borracho, no tenía nada de inocente.

El martes por la tarde regresé al Instituto Anatómico Forense. Esta vez no hubo espera: nada más llegar, un ujier me condujo a un pequeño despacho donde, en vez del médico patólogo con quien había hablado el día anterior, me esperaba un perfecto desconocido.

Capítulo cinco

El desconocido, un hombre de complexión roqueña y rostro impasible, no hizo amago de levantarse cuando Laura entró en el despacho. En vez de ello, se limitó a señalar con un gesto la silla situada frente al aséptico escritorio.

—Siéntate —dijo.

No era una invitación, sino una orden.

—¿Quién es usted? —preguntó la muchacha, recelosa.

—Inspector Arriaga, del cuerpo de Policía Judicial. Siéntate y déjame ver tu documentación.

Laura sintió que el corazón le daba un vuelco. Muy nerviosa, se acomodó en la silla y le entregó al policía su carné de identidad. Arriaga memorizó de un vistazo los datos de la muchacha y le devolvió el documento.

—Muy bien, Laura —dijo—. Ahora cuéntame de qué conocías a Germán López Iglesias.

La muchacha tragó saliva.

—Del barrio —contestó—. Germán vivía en El Pozo, y mi casa está muy cerca de allí. Había hablado con él algunas veces, pero, en fin, tampoco se puede decir que le conociera muy bien...

—¿Sabes si se dedicaba a algo ilegal? Tráfico de drogas, robo, ese tipo de cosas. ¿Es posible que tuviera enemigos?

—No lo sé... —Laura parpadeó—. Yo creo que sólo era un vagabundo borracho. Oiga, ¿a qué viene...?

—¿Era diabético? —la cortó el policía.

—Pues..., no tengo ni idea.

El inspector Arriaga respiró hondo.

—No, no podía ser diabético —dijo, más para sí que para la muchacha—. De serlo, llevaría muerto muchos años. El alcoholismo y la diabetes no hacen buena pareja.

Laura se aclaró la garganta con un tímido carraspeo.

—Oiga, señor..., esto..., inspector, ¿qué sucede? No entiendo nada.

El policía clavó en ella una gélida mirada.

—Sucede —dijo tras unos segundos de silencio— que tu amigo Germán ha sido asesinado.

Los ojos de Laura se dilataron hasta formar dos círculos perfectos.

—¡¿Cómo?! —exclamó atónita.

—Que no falleció de muerte natural. Y, ¿sabes?, de no ser por ti es muy posible que nunca lo hubiéramos descubierto —apoyó las manos sobre el escritorio y permaneció inmóvil—. Mueren muchos mendigos —prosiguió, sin alterar su quietud—. Nadie se interesa por ellos, nadie reclama sus cuerpos. Hacerles la autopsia se convierte en una tarea rutinaria y pueden pasarse por alto muchas cosas. Pero tu interés por ese viejo hizo que el forense pusiera particular atención en su labor. Y así descubrió algunas cosas muy extrañas.

—¿Qué cosas? —preguntó Laura con un hilo de voz.

—Tu amigo Germán era alcohólico, tenía el hígado al borde de la cirrosis; sin embargo, el nivel de alcohol en su sangre era muy bajo. Cuando murió no estaba borracho. Ese descubrimiento hizo que el patólogo realizara una analítica completa al cadáver, y así fue cómo encontró un exceso de insulina en el cuerpo.

—¿Y...?

—La insulina es una hormona que produce el páncreas para mantener estable el nivel de azúcar en la sangre. Pero si se le aplica a alguien, artificialmente, una sobredosis de insulina, sobreviene un coma que, según la cantidad de hormona, puede ser mortal. Además, el cuerpo reabsorbe rápidamente la insulina, de modo que es difícil detectar su presencia, salvo que se la busque expresamente —contuvo el aliento unos segundos y luego dejó escapar el aire lentamente—. Eso nos lleva al tercer descubrimiento realizado por el forense: encontró una marca en el cuerpo de tu amigo, un puntito rojo, una diminuta cicatriz en la cara interna del brazo, sobre una vena. Un pinchazo de aguja.

Aturdida, Laura se pasó una mano por la cabeza.

—¿Quiere decir —musitó— que alguien le inyectó una sobredosis de insulina a Germán para matarlo?

—Eso es.

—Pero, ¿por qué?

—Confiaba en que tú pudieras ayudarme a responder a esa pregunta.

Un escalofrío recorrió la espalda de Laura. ¿En qué lío se estaba metiendo?

—Yo..., bueno, no lo conocía mucho, ya se lo he dicho. Sólo era un mendigo y... En fin, no sé por qué alguien podría querer matarle...

El policía permaneció silencioso durante varios segundos, sin apartar su mirada de los ojos de la muchacha.

—¿Eso es todo? —preguntó receloso—. ¿No me estás ocultando nada?

—No, no... —Laura carraspeó, cada vez más nerviosa—. Es la verdad, se lo juro...

Los ojos del inspector Arriaga se fruncieron hasta convertirse en dos rendijas oscuras.

—Muy bien —dijo después de una larga pausa—. Si recuerdas algo más, ponte en contacto conmigo. Puedes irte.

Laura se incorporó y, tras balbucear una despedida, caminó hacia la puerta, pero se detuvo antes de salir, como si repentinamente hubiera recordado algo.

—Señor inspector, yo... —tragó saliva—. Quisiera saber... —vaciló un instante—. ¿Cuál era el grupo sanguíneo de Germán?

El policía enarcó las cejas.

—¿Por qué lo preguntas?

—Pues... no sé. Curiosidad.

Arriaga contempló a la muchacha fijamente, como si intentara evaluarla pero algo se le escapara. Al cabo de unos segundos, bajó la mirada y consultó un documento.

—Grupo A, Rh positivo —dijo.

* * *

Laura pasó el resto del día aguardando a Tomás. Quería contarle todo lo que había averiguado, y también decirle que no deseaba saber nada más de aquel asunto. Una cosa era interesarse por la muerte de un vagabundo y otra muy distinta verse envuelta en un caso de asesinato.

Pero Tomás no apareció. A las once y media de la noche, cansada de esperar, Laura decidió irse a dormir. Se desvistió en su dormitorio hasta quedarse sólo con las braguitas y se puso una camiseta estampada con un dibujo del Correcaminos. Luego se metió en la cama y apagó la luz. Pensaba que, después de tanto sobresalto, le costaría dormir; sin embargo, no tardó en sumirse en un dulce sopor, preludio del sueño.

Y, justo en ese momento, escuchó el sonido de un repiqueteo.

Laura se incorporó bruscamente y descubrió alarmada que había alguien en el balcón. Se disponía a gritar con todas sus fuerzas cuando entrevió, a través de los cristales, las gafas de sol que cubrían los ojos del desconocido. Era Tomás. La muchacha saltó de la cama y abrió las puertas del balcón.

—¿Pe-pe-pero qué haces aquí? —tartamudeó—. ¿Cómo has subido?

—Por el canalón.

—¡¿Estás loco?! ¡Podías haberte matado!

Los ojos de Tomás recorrieron burlones el cuerpo de la muchacha.

—Ahora que te pillo así, en ropa interior —dijo—, veo que tienes un culo bonito. No me había fijado.

—¡Será guarro! —exclamó Laura, sonrojándose, al tiempo que corría a ponerse los pantalones.

Tomás entró en el dormitorio con aire desenvuelto.

—Bueno, pibita, ¿qué has averiguado?

—¡Shhhh! Habla en voz baja; mi madre está aquí al lado —Laura se encaró con el muchacho—. ¿Que qué he averiguado? Pues que a tu amigo Germán lo han asesinado, eso he averiguado. Y que me ha interrogado un policía. Y que no tengo la menor intención de meterme en líos, eso también lo he averiguado. Y que...

—*Tranqui,* coleguita —la interrumpió el muchacho, alzando una mano—, no te pongas de los nervios y cuéntamelo todo por orden.

Laura respiró profundamente y procedió a narrar, más calmada, su encuentro con el inspector Arriaga y lo que éste le había contado acerca de la muerte de Germán. Cuando concluyó, Tomás permaneció unos instantes pensativo.

—¿Y su grupo sanguíneo? —preguntó.

—A positivo. Pero, ¿qué demonios importa eso?

En vez de contestar, el muchacho tomó asiento en el borde de la cama. El lado derecho de su rostro estaba iluminado por el leve resplandor que provenía de la calle, mientras que el resto de su cuerpo parecía fundirse con las sombras del dormitorio.

—Me di cuenta de que algo raro pasaba cuando vi el lugar donde había aparecido el cuerpo de Germán —dijo con seriedad—. Él nunca se echaría a dormir en medio de la calle. Alguien lo puso ahí después de matarlo.

—Pero, ¿por qué? No lo entiendo, ¿quién querría matar a un pobre vagabundo?

—Oh, hay tipos que disfrutan matando mendigos. Lo que pasa es que suelen hacerlo de una paliza, o quemándoles vivos con gasolina.

Laura se estremeció.

—¿Hacen eso?... —preguntó horrorizada.

—Hay gentuza muy mala por el mundo, pibita —Tomás suspiró—. Pero a Germán se lo han cargado con una sobredosis de insulina y eso es muy mosqueante —se encogió de hombros—. El día que apareció muerto fui a buscar sus cosas (vivía debajo de un puente, como en los tebeos), y encontré esto...

Sacó del bolsillo un papel de impresora y se lo tendió a Laura, que lo examinó bajo la débil luz que se colaba por el balcón.

—Es un análisis de sangre —repuso, desconcertada.

—Sí —asintió Tomás—. Pero fíjate: se trata del grupo O, y el de Germán era A.

—¿Y qué? Lo encontraría tirado por ahí.

—Puede. Pero junto a ese análisis de sangre, Germán había guardado esto otro...

Tomás le tendió un folleto impreso. La muchacha lo cogió con cierta prevención y comenzó a leerlo. Sobre el dibujo de una mano que sostenía una hogaza de pan, un titular rezaba: «DÉMOS DE COMER A LOS

HAMBRIENTOS». En el reverso, circundado por una orla de color violeta, había un breve texto:

¿Cómo podemos hallar la paz en un mundo de dolor? ¿Cómo encontrar la felicidad si ignoramos los gritos de quienes sufren? ¿Cómo es posible que nos saciemos mientras nuestros hermanos pasan hambre?

La vocación que nos anima, la causa que hemos abrazado, es cuidar de los más necesitados, acoger a los que carecen de techo, alimentar a quienes no tienen un trozo de pan que llevarse a la boca. El principal mandamiento de Dios es amar al prójimo como a nosotros mismos, y los que así creemos pensamos también que la caridad no es una virtud, sino un deber.

Escucha la voz de tu corazón y colabora con nosotros en la cruzada contra el hambre.

LOS HERMANOS DEL CENOBIO

Laura alzó la mirada e hizo un gesto vago.

—Son los cenobitas —dijo—. Van por ahí con unas furgonetas blancas, dando comida a los pobres.

—¿Qué sabes de ellos? —preguntó Tomás.

—Son una secta, o algo así; algunas veces los he visto por el barrio. Parecen buena gente y, la verdad, no me los imagino asesinando mendigos.

El muchacho se rascó la cabeza.

—Vale, parecen inofensivos —asintió—. Pero Germán tenía un folleto suyo junto al análisis de sangre, y eso debe de significar algo.

—Pues claro que significa algo. Los cenobitas dan comida a los pobres y Germán era pobre. Sencillo, ¿no? En cuanto al análisis de sangre... Yo qué sé, quizá tu amigo lo quería para limpiarse el trasero.

Tomás sacudió la cabeza.

—No, piba, Germán guardaba esos papeles con sus cosas importantes. Y luego se lo cargaron.

—Y tú piensas que hay alguna relación —Laura se encogió de hombros—. Vale, pues cuéntaselo a la policía.

—Ya sabes que no puedo hablar con la *pasma* —Tomás se incorporó—. Necesito que me ayudes, coleguita —prosiguió tras unos instantes de silencio—. Tienes que acompañarme a un sitio.

—¿A dónde? —preguntó ella, recelosa.

—A ver a un amigo. Es un viaje corto, sólo será cosa de tres o cuatro días.

—¿Tres o cuatro días? ¡Estás loco!

—Shhhh... Tu vieja duerme.

La muchacha respiró hondo.

—No iré contigo a ninguna parte —prosiguió en voz más baja—. La policía ya se está ocupando del asesinato de Germán, y no tengo la menor intención de enredarme en un asunto así.

El rostro de Tomás adoptó una expresión grave.

—Me debes un favor, pibita —dijo—. Te salvé de dos peligrosos delincuentes.

—¿No decías que eran un par de muertos de hambre?

—Sí, pero con navajas, y eso es muy chungo.

Laura sacudió la cabeza.

—Como quieras, pero ese favor ya te lo he devuelto. Fui a ver al forense, ¿no es cierto? Estamos en paz.

—Vamos, tía, no compares. Además, eran dos asesinos, y tú sólo me has devuelto un favor.

—¿Asesinos? —Laura resopló—. ¿No te estás pasando?

—Y quizá violadores —insistió el muchacho—. Yo sé que tú no eres una desagradecida, pibita. Tienes que ayudarme.

La muchacha sacudió de nuevo la cabeza.

—Pero, ¿por qué yo?

—Porque tú puedes hacer cosas que yo no puedo hacer, y puedes hablar con gente que a mí no me haría ni pajolero caso. Te necesito, coleguita. No me falles ahora.

Laura se pasó una mano por la frente.

—Pero, pero... —balbuceó—, ¿a dónde quieres que vaya?

—A ver a un amigo, ya te lo he dicho. Vive cerca, de verdad. Mira, es un tío legal, te gustará. Ha viajado por todas partes y conoce cantidad de historias. Le llaman el Capitán Trotamundos.

—¿Y para qué demonios quieres verle?

Tomás tardó unos segundos en contestar.

—He oído cosas por ahí. Cosas raras. Rumores. Y el Capitán Trotamundos sabe todo lo que sucede en los caminos. Tengo que preguntarle.

—¿Y por qué no le llamas por teléfono?

—Porque no tiene.

—Pero..., ¿dónde dormiríamos?

—Hay pensiones muy limpias, pibita.

—Ya, pero cuatro días... ¿Qué le voy a decir a mi madre?

—Seguro que se te ocurre algo. Yo sé que eres muy lista.

—No te pongas a hacerme la pelota ahora —Laura frunció el ceño—. Lo siento, no voy a ayudarte. No puedo irme contigo así como así, es absurdo.

Tomás asintió en silencio. Parecía decepcionado.

—Te voy a contar algo, piba —dijo al cabo de unos segundos—. En una ocasión, hace tiempo, yo iba dando vueltas por El Pozo, buscando en los cubos de basura. Llevaba dos días sin comer. Entonces vi a Germán, que estaba sentado en un banco, zampándose un bocata. Me quedé mirándolo como un perro chico; creo que me caía un hilo de baba de la boca. Entonces Germán se fijó en mí y, sin decir nada, me dio la mitad de su bocadillo —hizo una pausa—. Nadie se había preocupado jamás por Germán, sin embargo él se preocupó por mí. Por eso quiero averiguar quién lo mató.

—¿Por un maldito bocadillo? —preguntó Laura, incrédula—. ¿Eso es todo?

—Cuando estás en la calle, un bocadillo puede ser lo más importante del mundo. Pero supongo que eso tú no puedes entenderlo —Tomás suspiró—. La *pasma* no va a perder el tiempo con la muerte de un mendigo. Archivarán el caso y no habrá justicia para Germán —se inclinó hacia la muchacha—. Necesito tu ayuda, pibita. Si cambias de idea, mañana después de comer me encontrarás en el mismo lugar donde recogimos los caballos.

—No voy a ir.

—Pues entonces me habré equivocado acerca de ti —el muchacho se aproximó al balcón—. Bueno, tía, me abro.

—Pero no por ahí. Te puedes matar —Laura abrió la puerta del dormitorio y asomó la cabeza para comprobar que su madre no se encontraba a la vista—. No hagas ruido —prosiguió en voz baja—; te abriré la puerta de la calle...

Pero cuando Laura volvió la mirada, descubrió con sorpresa que Tomás ya no estaba allí.

* * *

Era una mansión de estilo neogótico. Estaba erigida encima de un promontorio llamado el Pico del Ángel. El ala oeste del edificio se alzaba sobre un profundo barranco en cuyo fondo brillaban las aguas de un lago de montaña.

Hombres armados recorrían el vallado perímetro de la finca montando guardia. Aparte de eso, ninguna otra actividad podía percibirse. Pero en un despacho situado al otro lado de un amplio ventanal, alguien velaba en mitad de la noche.

El despacho se encontraba sumido en la oscuridad. Sentado frente al escritorio, el Maestro permanecía inmóvil, con los ojos cerrados. No dormía, meditaba, pero sus pensamientos eran tan extraños que difícilmente podrían traducirse al lenguaje común.

El cerebro del Maestro era un espacio exótico repleto de indescriptibles abstracciones, de raros quiebros de la razón, de entelequias que fulguraban como puras llamaradas mentales. El discurrir de sus cavilaciones guardaba escasa relación con el mundo normal, sí, pero no todos los pensamientos del Maestro eran incomprensibles. Algunos estaban íntimamente ligados a la rutina cotidiana de su labor. Por ejemplo, ese asunto del mendigo que había sido sorprendido espiando en uno de los puntos de reunión.

Quizá no se tratase de nada importante, quizá fue la mera casualidad lo que llevó a aquel despojo humano a estar en el lugar incorrecto en el momento inadecuado. Además, el intruso ya había sido eliminado.

Pero precisamente ahí radicaba el problema. Los prospectores que acabaron con el viejo decidieron abandonar su cuerpo en un poblado de chabolas. No hay ningún riesgo, dijeron; la insulina es casi indetectable y nadie se tomará muchas molestias en investigar la muerte de un indigente.

Sin embargo, el Maestro sabía que los cuerpos tienen su propio lenguaje, poseen claves, signos que pueden ser descifrados si se examinan del modo correcto. Por eso decidió actuar precavidamente y ordenó clausurar el punto de reunión donde había sido descubierto el mendigo (una casa-almacén situada en medio de un bosquecillo). Y también impartió las instrucciones precisas para que sus servidores se mantuvieran, durante un tiempo, alejados de la barriada de El Pozo. El Maestro no deseaba, bajo ningún concepto, que su labor se viese interferida por un asesinato sin importancia.

A fin de cuentas, ese tipo de cosas se adentraba en las profundas aguas de la muerte, y su trabajo, por el contrario, discurría por los enrevesados meandros de la vida.

Es extraño el modo en que tomamos decisiones. Nos gusta pensar que controlamos nuestros actos con total libertad, que cuando adoptamos algún camino que seguir actuamos guiados por la razón y con plena conciencia de lo que estamos haciendo. Sin embargo, lo cierto es que, incluso en los asuntos más importantes (o, quizá, particularmente en ellos), nuestra capacidad de decidir se ve ensombrecida por las fuerzas ocultas que bullen en nuestro interior, por ideas que ignoramos tener y por emociones de las que ni siquiera somos conscientes.

Durante la noche que siguió a la visita de Tomás apenas pude dormir. Daba vueltas y más vueltas en la cama intentando conciliar el sueño, pero indeseados pensamientos se enredaban en mi cabeza. Me sentía vagamente culpable, como si hubiese cometido un acto mezquino y no quisiera admitirlo.

Finalmente, a las cuatro de la madrugada, logré dormirme; pero incluso mis sueños estuvieron poseídos por un hálito de culpabilidad. Me desperté muy pronto, antes de que lo hiciera mi madre, y decidí salir a dar una vuelta.

Mientras paseaba por las todavía desiertas calles, contemplando el perezoso despertar del barrio, mis dispersos pensamientos comenzaron a concretarse. Tomás tenía razón: él se había arriesgado por mí y yo aún no le había devuelto el favor.

Pero había algo más. Empecé a pensar que la muerte de Germán, de un modo u otro, era una oportuni-

dad para mí. Irracionalmente, adquirí la certeza de que, si contribuía a descifrar el misterio que se ocultaba tras su asesinato, podría redimirme.

Era como si todo lo malo que me había ocurrido durante los dos últimos años (la enfermedad y la muerte de papá, el traslado, los problemas con mi madre) pudiera adquirir sentido, encajar correctamente en mi vida, siempre y cuando yo hiciera algo realmente útil, desinteresado y honesto. Como, por ejemplo, descubrir quiénes y por qué asesinaron a un viejo borracho al que yo ni siquiera había llegado a conocer.

No suena muy lógico, ya lo sé, pero, por extraño que parezca, el tiempo acabó dándome la razón.

Regresé a casa justo cuando mi madre terminaba de preparar el desayuno. Me preguntó a dónde había ido tan temprano, y yo le dije que el domingo pasado me había encontrado con una compañera del antiguo colegio, y que me había invitado a pasar unos días en la finca de su familia. Añadí que no le había dicho nada hasta entonces porque no estaba segura de si iba a aceptar o no, pero que finalmente había decidido ir. Si ella no tenía inconveniente, por supuesto.

Los ojos de mamá se iluminaron. Supongo que pensó que reanudar el contacto con mis antiguos compañeros de clase me llevaría a replantearme la decisión de dejar los estudios. Aceptó encantada, y tanta fue su alegría que me sentí un poco avergonzada por la mentira que le acababa de contar.

Pero, a fin de cuentas, pensé, era por una buena causa.

Luego, mamá se despidió de mí con dos emocionados besos y se fue a trabajar. Yo pasé el resto de la mañana muy excitada. A mediodía hice el equipaje. Hora y media después, tras comer rápidamente, salí de casa cargando con una maleta y me dirigí al lugar donde Tomás me había citado.

Y así fue cómo conocí a Horacio, el individuo más sorprendente y extravagante que jamás he visto.

Capítulo seis

Laura arrastró su pesada maleta a lo largo del sendero que bordeaba El Pozo y llegó a la pequeña arboleda situada en medio del erial. Al principio pensó que no había nadie, que Tomás se había marchado ya o que, finalmente, había decidido olvidarse del asunto, y esa idea, que al principio le produjo cierta decepción, apenas tardó unos segundos en colmarla de alivio. Lo que había estado a punto de hacer era una locura, pensó, así que mejor sería volver a casa.

Entonces, cuando se disponía a regresar sobre sus pasos, una figura familiar apareció entre los arbustos haciendo un alegre molinete con una vara.

—Hola, pibita —dijo Tomás—. Sabía que vendrías.

—Ah, eres tú... —Laura suspiró con resignación—. He venido, sí, maldita sea. Y todavía no sé por qué.

—Pero yo sí. En el fondo eres una tía legal.

—Lo que soy es una imbécil que se ha dejado liar por un crío. Pero presta atención: te acompañaré durante tres días como máximo, ni uno más. Y como soy mayor que tú, las decisiones las tomaré yo. ¿Está claro?

Tomás se puso firme e hizo un remedo de saludo militar.

—¡Señor, sí, señor! —exclamó burlón—. ¡Usted es el jefe, el sargento más duro de todo el ejército!

—Déjate de tonterías o...

De pronto Laura escuchó un ruido, algo así como un sollozo entrecortado que procedía de detrás de los árboles.

—¿Qué es eso? —preguntó.

—Es Horacio —contestó Tomás con indiferencia—. Un colega que va a venir con nosotros. Espera, te lo presentaré —se volvió hacia la zona más frondosa de la arboleda y gritó—: ¡Horacio, sal de ahí! —una pausa—. ¡Vamos, Horacio, quiero que conozcas a una periquita!

Durante varios segundos no sucedió nada. Luego los arbustos se agitaron y apareció un individuo de aspecto tímido y atemorizado. Tenía treinta y tantos años, el pelo negro, con grandes entradas y peinado hacia atrás, estatura media y complexión delgada. Se cubría con una amplia y anticuada gabardina, y su rostro, bien afeitado, resultaba extrañamente impersonal, como si careciera de rasgos definidos.

El desconocido avanzó unos pasos con evidente recelo y comenzó a sollozar desconsoladamente.

—¡Oh, querida niña, ayúdame! —suplicó con voz aflautada, clavando una mirada patética en los ojos de la muchacha—. ¡Ese golfillo me ha secuestrado! ¿Qué será de una pobre mujer como yo? ¡Sálvame, te lo ruego!

Laura se aproximó a Tomás.

—¿Qué le pasa? —musitó, entre perpleja y alarmada.

El muchacho hizo un gesto vago, como queriendo quitarle importancia al asunto.

—Bah, nada —dijo—. Ahora es la Duquesa, un plomazo de tía.

—Soy la Gran Duquesa Holstein-Fürth —prosiguió con voz trémula Horacio—. Mi familia posee una gran fortuna. Pagará mi rescate, pero, por favor, no me hagáis daño...

—Pe-pero ese tipo está loco... —balbuceó Laura.

—Como un cencerro —asintió Tomás, y se volvió hacia Horacio (que cada vez sollozaba en tono más alto) y le dijo—: No sea pesada, abuela. Ande, váyase y dígale al Profesor que venga.

—¿Pero está loco de verdad? —insistió Laura.

—Sí, piba, como una cabra. Esta misma mañana le he ayudado a abrirse del manicomio donde estaba encerrado.

—¡Qué dices! —exclamó la muchacha con los ojos como platos—. ¿Se ha fugado de un manicomio? ¡¿Y tú pretendes que me vaya de viaje con un psicópata?!

—No es un psicópata. Sólo tiene personalidad múltiple.

—¡Quiero volver a mi mansión! —aulló lastimeramente Horacio.

—¡Tú estás más loco que él! —gritó a su vez Laura—. ¡Me vuelvo a casa ahora mismo!

Tomás frunció el ceño.

—¡Callaos de una vez! —exclamó de malhumor;

se volvió hacia Horacio y le ordenó—: Duquesa, largo de aquí o me enfadaré de verdad —hizo una pausa y se encaró con Laura—: En cuanto a ti, periquita, deja de darle a la sinhueso y presta atención.

Tras decir esto, el muchacho giró la cabeza hacia Horacio, se cruzó de brazos y aguardó. El hombre, que ahora sollozaba quedamente, tragó saliva y suspiró como una damisela a punto de desmayarse. De pronto, se estremeció. Sus ojos giraron hasta mostrar el blanco del globo ocular, exhaló una bocanada de aire e, inesperadamente, la expresión atemorizada de su rostro fue sustituida por una bonachona y paternal sonrisa.

—Hola, queridos muchachos —dijo con voz grave y amable.

—Cómo va eso, Profesor —le saludó Tomás—. Me alegro de verle. La Duquesa se estaba poniendo imposible —se volvió hacia Laura—. Piba, te presento al Profesor. Es un filósofo, un tío muy listo —miró de nuevo al hombre—. Ande, Profesor, écheme una mano y explíquele a mi amiga quién es Horacio.

El hombre asintió pausadamente.

—Horacio es un caso extremo de lo que los psiquiatras llaman histeria disociativa —dijo en tono doctoral—. Su yo auténtico se fragmentó en diversas personalidades hasta convertirse en algo así como un mosaico de egos. Simplificando mucho, podríamos decir que el cuerpo de Horacio está habitado por varias mentes que se alternan a la hora de asumir el control. La Duquesa, que antes conociste, es una de esas personalidades. Yo soy otra. Y hay muchas más, pero puedo garantizarte, querida niña, que a ninguna de ellas debes temer, puesto que todas son amistosas y pacíficas. Considérame, simplemente, como una curiosidad psiquiátrica.

Laura abrió la boca para decir algo, pero volvió a cerrarla al instante. Estaba desconcertada. Hacía tan sólo un minuto, aquel hombre se comportaba como un desequilibrado, y ahora, de repente, parecía, no ya un individuo cabal, sino un perfecto caballero. La muchacha le dedicó una nerviosa sonrisa y se volvió hacia Tomás.

—No lo entiendo... —musitó—. ¿Por qué tiene que venir él con nosotros?

—Porque nos será muy útil, pibita —contestó el muchacho—. Sobre todo el Samuray.

—¿El Samuray? —repitió Laura, alucinada.

—Sí, tía. Un guerrero chino, ya sabes.

—No es chino —le corrigió paternalmente Horacio—, sino japonés. Los samuráis eran poderosos guerreros que vivieron en el Japón feudal —carraspeó—. En el caso que nos ocupa, el Samuray es un hombre al que podríamos calificar de violento, demasiado para mi gusto, aunque debo reconocer que posee un rígido código del honor.

—Un tío grande, el Samuray —intervino Tomás—. Ya lo conocerás.

—Espero que no —se estremeció Horacio-Profesor—. A veces, ese hombre da miedo.

Laura parpadeó. ¿Samuráis, filósofos, duquesas? Aquello era absurdo.

—Ya lo entiendo —dijo, de pronto, con desánimo—: Nos hemos vuelto locos. Y yo soy la más chiflada de todos.

—La locura es la sal de la vida —exclamó alegremente Tomás.

—Según Pascal —añadió en tono doctoral Horacio—: «Los hombres son locos necesariamente, de modo que el no serlo sería indicio de una locura de otro género».

Tomás se desperezó como un gato satisfecho.

—Bueno, colegas —dijo—, vale ya de rajar. Los Heredia nos están esperando. Son una familia la pera de maja. Nos llevarán en su camión a la casa del Capitán Trotamundos. Venga, vámonos.

Laura suspiró, resignada, y aferró el asa de su maleta. Tomás la contempló con expresión burlona.

—¿A dónde vas con ese petate, piba? —preguntó.

—Es mi equipaje.

El muchacho se echó a reír.

—No necesitas tanta ropa, coleguita —dijo—. Con lo que llevas basta. Anda, trae... —cogió la maleta, la ocultó entre unos arbustos y luego agregó—: Cuando estemos de vuelta, la recogeremos.

—¡Pero la pueden robar! —protestó Laura.

—Nadie viene por aquí. *Tranqui,* pibita.

La muchacha resopló, indignada, y señaló a Tomás con un gesto amenazador.

—¡Estoy harta! —exclamó—. ¡No soy una «piba», ni una «colega», ni una «tronca», ni una «periquita»! ¡Me llamo Laura! ¿Lo entiendes? ¡Laura!

Tomás asintió.

—Vale, tía, como quieras —dijo—. Pero vámonos.

Y echó a andar, balanceando despreocupadamente su vara de fresno.

* * *

Los Heredia resultaron ser una familia gitana dedicada al negocio de la chatarra. León Heredia, el patriarca del clan, era un hombre robusto, de largos mostachos y escasas palabras. Su mujer, Alma, poseía una enigmática belleza, vagamente oriental, en la que destacaban con luz propia unos enormes ojos oscuros; por lo demás, parecía tan reservada como su marido. El matrimonio tenía tres hijos, Esperanza, Antonio y Juan, de diez, ocho y siete años de edad, respectivamente.

Se encontraron con ellos en un área de descanso de la autopista, cerca de El Pozo, junto a un viejísimo camión. Los Heredia recibieron a Tomás y a Horacio con alegría y familiaridad, pero se mostraron un tanto distantes con Laura. Tras un breve intercambio de saludos, León Heredia ordenó que todo el mundo subiese al camión, ya que se hacía tarde y tenía negocios que atender.

León y Alma se instalaron en la cabina del vehículo, mientras que Tomás, Laura, Horacio y los tres niños ocupaban el compartimento de carga que, por fortuna para su comodidad, ahora estaba vacío. Al poco rato, en medio del petardeo del carburador, el camión se sumó pesadamente al tráfico de la autopista. Laura se inclinó hacia Tomás y le susurró al oído:

—Los Heredia son gitanos...

El muchacho se encogió de hombros.

—¿Y qué?

Laura hizo un gesto vago, sin saber qué decir. O, mejor dicho, sin atreverse a decirlo. No podía reconocer que siempre había creído, sin ser muy consciente de ello, que los gitanos eran delincuentes natos, gente violenta a la que convenía evitar.

—«Gitano» es una palabra paya —intervino Horacio, como si adivinara los pensamientos de la muchacha—. Cuando llegaron a Europa, allá por el siglo XIV, la gente los tomó por egipcios y los llamó «egipcianos», de ahí el nombre: «gitanos». Pero ellos se denominan a sí mismos «rom», y no proceden de África, sino de la India —hizo una pausa y adoptó una expresión grave—. El problema es que llevan quinientos años con nosotros y, durante todo ese tiempo, los payos no hemos hecho otra cosa que perseguirlos, encarcelarlos, ejecutarlos o, incluso, esclavizarlos. Jamás los hemos aceptado como iguales, así que no debería extrañarnos mucho que los rom nos contemplen con seria desconfianza.

Laura, un poco avergonzada, puso cara de circunstancias y desvió la mirada. Entonces se dio cuenta de que Juan, el más pequeño de los Heredia, la contemplaba fijamente con expresión circunspecta. La muchacha, intentando ser amable, le dedicó la más amistosa y encantadora de sus sonrisas. El niño le sacó la lengua y continuó mirándola en silencio.

El camión de los Heredia era un vehículo antediluviano que se arrastraba en las cuestas y apenas llegaba a alcanzar los sesenta kilómetros por hora en las bajadas. No es de extrañar, por tanto, que tardaran casi cuatro horas en recorrer los escasos cien kilómetros que les separaban de la pequeña ciudad donde vivía el Capitán Trotamundos.

Aunque, a decir verdad, el Capitán no vivía en la ciudad, sino en una desvencijada caravana que permanecía aparcada en un prado próximo a la población. Llegaron allí a las ocho menos cuarto de la tarde. León Heredia detuvo el camión y les indicó a sus pasajeros que bajaran.

—Nosotros tenemos que ocuparnos de unos negocios —dijo, al tiempo que arrancaba de nuevo—. Regresaremos para la cena.

Mientras la familia gitana desaparecía en la distancia a bordo de su traqueteante vehículo, Tomás se aproximó a la caravana y dio unos golpes en la puerta. Durante unos segundos nada sucedió. De pronto, la puerta se abrió bruscamente y, como un basilisco, salió de la caravana un individuo barbudo, de pelo muy largo y expresión furiosa. En las manos llevaba una escopeta de caza.

—¡¿Qué demonios pasa?! —bramó ferozmente.

Luego, al advertir la presencia de Tomás, soltó una risotada de alegría.

—¡Amigo mío, qué alegría verte! —dijo mientras corría a abrazarle.

Era el Capitán Trotamundos.

* * *

—¡Soy el rey de los caminos, el príncipe de las distancias, el emperador del movimiento continuo! —dijo el Capitán, invitando a los recién llegados con un gesto a que se acomodaran en el reducido interior de la caravana—. ¡He recorrido los cinco continentes, he cruzado los siete mares, he sudado bajo el sol del Sáhara y se me ha congelado el trasero en la Antártida! —le dedicó una enorme sonrisa a Laura—. Hola, preciosa, me llamo Benjamín Pradera, pero todo el mundo me conoce por el Capitán Trotamundos.

—Yo soy Laura —musitó la muchacha, un tanto intimidada por la exuberante personalidad de aquel hombre.

—Eh, Capitán, ¿y esa escopeta? —intervino Tomás—. ¿Te has metido en algún lío?

Benjamín Pradera contempló, como si se hubiera olvidado de ella, el arma que aún sostenía en la mano izquierda e hizo un gesto desdeñoso.

—Bah, bobadas. El dueño de este prado quiere que me vaya y no deja de darme la lata. Pero la tierra es para quien la trabaja, ¿no decía eso el viejo Groucho Marx? —frunció el ceño—. ¿O era Carlos?... Da igual, el caso es que me quieren echar y yo me veo obligado a defender mi castillo —tiró la escopeta al suelo, sumándola a los múltiples cacharros que atestaban la caravana—. En cualquier caso, no tiene munición y, además, está rota. La utilizo como mero elemento disuasorio.

—Se me hace raro verle viviendo en un lugar fijo, Capitán —dijo Horacio con una sonrisa bonachona.

—Sólo han sido unos meses de descanso, Profesor.

Dentro de poco le prenderé fuego a este maldito vehículo y me iré a Australia, o quizá a Nueva Zelanda. Siempre en movimiento, ése es mi lema —se volvió hacia Laura—. ¿Quieres que te cuente una historia, amorcito? —sin esperar respuesta, prosiguió—: Hace muchos años, yo trabajaba en una oficina oscura y polvorienta. Era administrativo y me pasaba todo el tiempo rellenando formularios estúpidos y archivando documentos inútiles. Un día, el jefe me llamó a su despacho para felicitarme. Dijo que era su mejor empleado y que, de seguir así, dentro de quince o veinte años yo sería el responsable de aquel negociado. Me quedé helado, patidifuso, estupefacto. ¿Ése era mi futuro? ¿Pasarme la vida trabajando como un burro para llegar a ser el jefe de aquella deprimente oficina? Ah, no, me dije; el mundo es más ancho y más largo que todo eso —sonrió satisfecho—. Ese mismo día me despedí del trabajo. Fui a casa y pinté en el costado de mi coche un letrero: «Capitán Trotamundos». Luego les dije adiós a mis padres y me fui a recorrer el planeta. El coche se estropeó en el desierto de Gobi, pero yo me quedé con el apodo: «Capitán Trotamundos». Como una bola de nieve rodando por la ladera de una montaña, así soy yo —suspiró ruidosamente y se volvió hacia Tomás—. Bueno, viejo amigo, ¿qué os trae por aquí? ¿Estáis dando un paseo? ¿De vacaciones tal vez?

—No, Capitán —contestó el muchacho—. Se trata de algo serio. ¿Te acuerdas de Germán? Pues ha muerto.

—¿Muerto? Pobre viejo. Triste, triste...

—Pero no ha sido una muerte normal. Se lo han cargado.

—¿Asesinato? —abrió mucho los ojos—. ¡Terrible!

Tomás asintió.

—Muy chungo, mucho. Y por eso estoy aquí: ando tras los que le mataron. Pero necesito tu ayuda.

—Para lo que quieras, compadre.

El muchacho se inclinó hacia delante.

—Tú *estás al loro* de todo lo que pasa en los caminos, Capitán. ¿Sabes si sucede algo raro?

El rostro del hombre se ensombreció.

—He oído rumores —dijo en tono grave—. Historias que se susurran por la noche, al amor de la lumbre —hizo una pausa—. Dicen que está desapareciendo gente.

—¿Qué clase de gente?

—Los sin techo, vagabundos, mendigos, pero sólo los jóvenes. Chicos que se han escapado de casa y vagan por los caminos, ésos son los que desaparecen. A los drogadictos no se los llevan, pero sí a los muchachitos sanos e inocentes. Eso es lo que he oído.

—¿Secuestran gente? —preguntó Laura, súbitamente interesada—. ¿Quién lo hace?

El Capitán Trotamundos se encogió de hombros.

—¡Ah!, ni idea, preciosa. Pero también se rumorea que hay tipos raros por los caminos. Lobos con piel de hombre. Fieras.

Laura adoptó una expresión escéptica.

—En fin —dijo—, aun aceptando que alguien se dedique a secuestrar jóvenes, eso no tiene nada que ver con Germán. Él era un viejo.

Tomás ignoró el comentario de la muchacha.

—¿Qué sabes de los cenobitas, Capitán? —preguntó.

—Los Hermanos del Cenobio, una secta. Dan comida a los pobres. Están chalados, pero cocinan bien. ¿Por qué?

—Curiosidad —Tomás se rascó la cabeza—. Esos cenobitas, ¿dónde tienen su sede central, su iglesia o lo que sea?

—Pues..., no lo sé —la expresión del Capitán Trotamundos se tornó perpleja—. Qué raro...

El interior de la caravana se sumió en un expectante silencio. Al parecer, todos consideraban de lo más extraño que aquel vagabundo andarín ignorase la ubicación de la iglesia de los cenobitas.

—Quizá no tengan una sede central —sugirió Horacio—. Los filósofos peripatéticos, Estratón, Teofrasto o el mismísimo Aristóteles, impartían sus enseñanzas por los caminos y...

—Los cenobitas no son filósofos, Profesor —le interrumpió Tomás—. Son una secta, y las sectas tienen sumos sacerdotes, o lo que sea, que en algún sitio han de vivir, digo yo. Si el Capitán no sabe dónde está el monasterio de los cenobitas, no es porque no lo tengan, sino porque esos pirados lo mantienen en secreto.

Laura sacudió la cabeza.

—Eso son fantasías —dijo, sintiéndose la única persona adulta de aquella reunión—. ¿Qué tiene que ver la muerte de Germán con esa secta o con la desaparición de chicos jóvenes?

—Nada, pibita, nada —contestó Tomás; se volvió hacia el Capitán y, cambiando de tema, agregó—: Hemos venido hasta aquí con la familia Heredia. Han dicho que volverían para la cena.

—Ah, los Heredia; buena gente, buena gente —dijo el hombre, poniéndose en pie—. Pues si van a venir a cenar, habrá que preparar las cosas. Cerca de aquí hay una granja con un gallinero al que, en mi modesta opinión, le sobran algunas gallinas. ¿Me acompañas, Tomás, amigo mío?

—Claro, Capitán —asintió alegremente el muchacho.

Laura desvió la mirada y suspiró, preguntándose una vez más cómo podía haber acabado formando parte de aquel grupo de vagabundos, locos y maleantes.

* * *

Dentro de la comunidad del Maestro, los prospectores trabajaban siempre en pareja. Mientras uno se dedicaba a la búsqueda de candidatos adecuados, el otro permanecía a distancia, conduciendo la furgoneta que serviría para trasladar los cuerpos.

El compañero de Elías se llamaba Arturo y era un hombre hosco y silencioso. A Elías no le caía demasiado bien, pero no podía negar que cumplía eficazmente con su trabajo.

Aunque lo cierto es que Elías consideraba que el auténtico trabajo, la parte más dura de la tarea, recaía sobre sus hombros. A fin de cuentas, ¿quién tenía que mezclarse con la chusma?, ¿quién se veía obligado a dormir a la intemperie?, ¿quién corría con la mayor parte de los riesgos?

Él, por supuesto. ¿Y qué obtenía a cambio? Una reprimenda del Maestro, ésa era su recompensa. Sin embargo, pensó, les demostraría a todos, al huraño Arturo, al petulante Martín y al mismísimo Maestro, que él era el mejor prospector de toda la organización. Claro que lo haría. Conseguiría el cuerpo adecuado y las críticas se tornarían alabanzas.

Jugueteó distraído con su comida y paseó la mirada por los desechos humanos que se sentaban a lo largo de las mesas plegables, dando buena cuenta de la cena gratuita que acababan de recibir. Ancianos, tullidos, borrachos, *yonquis*, mendigos... En realidad, ninguno de los usuarios de aquel comedor ambulante al aire libre le interesaba lo más mínimo. Ninguno, salvo el muchacho de aspecto asustadizo que estaba sentado en un extremo de la mesa situada a su derecha. Tendría quince o dieciséis años y parecía una pieza singularmente apropiada. Aunque, claro, todo dependía de su sangre.

Hacía rato que Elías lo observaba con disimulo, aguardando el momento adecuado para establecer contacto con él, pero ese momento no llegó hasta que sirvieron los postres, unos flanes de huevo realmente apetitosos. El mendigo que se sentaba al lado del muchacho se comió el suyo en un santiamén. Luego se volvió hacia el joven y le exigió en tono amenazador:

—Dame el flan.

—Es mío... —protestó débilmente el chico.

—¡Que me des el flan, gilí, o te parto el alma!

Elías saltó como un resorte y se aproximó rápidamente al atemorizado muchacho.

—Deja en paz al chaval —le dijo al mendigo.

—Tú no te metas, *pringao, que'sto* no va contigo...

Elías clavó una mirada de hielo en los ojos del vagabundo y, tras una tensa pausa, ordenó:

—Lár-ga-te —sus pupilas parecieron destellar—. ¡Vamos, fuera!

El mendigo supo al instante que aquel individuo era peligroso, así que se levantó torpemente y comenzó a alejarse, murmurando vagas amenazas. Elías se acomodó junto al muchacho y le dedicó una amplia sonrisa.

—¿Cómo estás, chico?

—Bien... —contestó el muchacho, muy pálido—. Eh..., gracias por ayudarme.

—No importa. Me llamo Elías.

—Y yo, Eduardo —repuso éste, estrechando la mano que le ofrecía el hombre.

Elías le dedicó una sonrisa franca y amistosa.

—Te has escapado de casa, ¿verdad, Eduardo?

El muchacho asintió en silencio. Elías prosiguió:

—Y estás sin blanca, ¿a que no me equivoco?

Eduardo volvió a asentir y Elías rió quedamente.

—Ay, colega, me parece que eres un novato en esto de vivir por las calles. ¿Sabes lo que es el Vampiro?

—¿El Vampiro? —repitió el muchacho, desconcertado.

Elías volvió a reír.

—*Tranqui,* tío, que no es nada malo —le guiñó un ojo con complicidad—. Anda, acábate el flan y te diré cómo puedes conseguir algo de pasta gracias al conde Drácula.

* * *

Al anochecer, cuando los Heredia regresaron de atender sus negocios (con el viejo camión cargado de chatarra), fueron recibidos por el delicioso aroma de las cuatro gallinas que se asaban lentamente en la hoguera que ardía frente a la caravana.

El Capitán Trotamundos acogió a los gitanos con aparatosas muestras de alegría, en particular a los tres niños, Esperanza, Antonio y Juan, con los que estuvo jugando ruidosamente mientras acababa de hacerse la comida.

Después de la cena, con todos reunidos en torno a la fogata, el Capitán sacó una guitarra de la caravana y comenzó a rasgar las cuerdas, interpretando una melancólica melodía. Al poco, Alma Heredia inició una canción que hablaba de amores truncados, de traiciones y de duelos a navaja.

Laura, por algún motivo, se sintió íntimamente emocionada al escuchar aquella triste balada; no tanto por la música, o por la letra, como por la intensidad que la mujer ponía en su canto. Y también por el entorno en que se encontraban, en aquel prado, con el resplandor del cercano pueblo iluminando el cielo por el Oeste y la miríada de estrellas que titilaban sobre sus cabezas, como un océano oscuro poblado de peces fosforescentes.

A medianoche la reunión se dio tácitamente por concluida. El Capitán Trotamundos dijo que dormiría al aire libre y le ofreció su cama de la caravana a Laura. Pero ella insistió en cedérsela a los hijos de los Heredia. Juan, el más pequeño, contempló fijamente a la muchacha y, aunque no dijo nada, tampoco le sacó la lengua, lo cual, de algún modo, podía ser interpretado como una muestra de agradecimiento.

El Capitán le entregó a Laura un viejo saco de dormir y ella lo extendió sobre la hierba, cerca de donde se encontraba Tomás. Por el rabillo del ojo, la muchacha advirtió que Horacio estaba sentado en el suelo, a unos cuantos metros de distancia, con las piernas entrelazadas, las manos sobre las rodillas y los ojos cerrados. No cesaba de repetir en voz baja una monótona letanía: *«Om mane peme hung»*.

—¿Qué le pasa al Profesor? —preguntó Laura.

—Que ya no es el Profesor —contestó Tomás, ocupado en despejar de piedrecitas el lugar donde iba a dormir—. Ahora es un lama tibetano, un tal Lobsang Tendup Rimpoché. Tela de pesado con sus mantras, pero ni punto de comparación con la Duquesa. Pasa de él, es inofensivo.

¿Un monje tibetano? Laura dejó escapar un largo suspiro y contempló el rostro del muchacho, inexpresivo tras las sempiternas lentes oscuras.

—¿Es que no te quitas las gafas ni de noche? —preguntó ella.

Él sonrió.

—Los ojos son las ventanas del alma, pibita —dijo—. Y no me gusta que miren dentro de mí.

—Ya... —Laura volvió a suspirar—. Bueno, ¿ahora qué vamos a hacer?

—Dormir.

—Me refiero a qué vamos a hacer en general, tonto. Ya has hablado con tu amigo y no hemos sacado nada en claro.

Tomás extendió una manta y se sentó sobre ella.

—Te equivocas, periquita: hemos averiguado que desaparece gente y que los cenobitas ocultan su monasterio.

—Ya empezamos con eso —sacudió la cabeza—. Son imaginaciones tuyas, ¿no lo entiendes?

El muchacho se encogió de hombros.

—Como quieras, tía. Pero, ¿no te parece curioso que desde la muerte de Germán los cenobitas no hayan vuelto a aparecer por El Pozo?

—Esa gente va de un lado a otro. Es una casualidad.

—Quizá, piba, quizá. Pero tenemos que comprobarlo. Mañana regresaremos a la ciudad y buscaremos a los cenobitas —el muchacho giró sobre sí mismo al tiempo que se envolvía en la manta—. Y ahora a *sobar,* tía —bostezó—, que es muy tarde.

Laura alzó la mirada y contempló el firmamento cuajado de estrellas. Nunca había pasado una noche al aire libre y hacerlo se le antojaba una especie de aventura. Se introdujo en el saco y permaneció con los ojos abiertos, intentando identificar las diversas constelaciones. Hacía muchos años, cuando era niña, su padre la llevó una noche al jardín y le mostró las figuras mitológicas que los antiguos creían reconocer en los astros: Perseo, Hércules, Pegaso, Cástor y Póllux...

Al evocar a su padre, la muchacha se dio cuenta de que llevaba todo el día sin pensar en sus problemas. De hecho, se sentía muy bien, mucho mejor de lo que había llegado a estar durante los dos últimos años.

—¿Estás despierto? —preguntó en voz baja.

—Ahora sí —contestó Tomás sin volverse.

—¿Sabes una cosa?

—¿Queeeé?... —el muchacho arrastró la «e» final con resignado fastidio.

—Que es genial esto de dormir al aire libre.

—Cuando llueve, no es tan genial. Anda, piba, cállate y no me des la tabarra.

Laura sonrió y continuó contemplando el firmamento nocturno, con el monótono recitar de Horacio-Rimpoché como música de fondo. Unos minutos después, casi sin darse cuenta, se durmió con los ojos llenos de estrellas.

Ahora, después de tanto tiempo, creo que aquella noche fue uno de los momentos más importantes de mi vida. Al principio no me di cuenta y, de hecho, no sucedió nada que así me lo indicara. Sin embargo, fue entonces cuando algo empezó a cambiar en mí. No, no me refiero a un gran cambio, sino a un suave y progresivo deslizamiento, el inicio de una mutación que me afectaba en lo más íntimo y que, en los días sucesivos, cuando el horror y el miedo se hicieron presentes, habría de volver del revés mi personalidad, igual que un calcetín al que se le da la vuelta antes de meterlo en la lavadora.

Pero, ¿qué tuvo de especial aquella noche? No lo sé a ciencia cierta; quizá fue la melancólica canción de Alma Heredia, o las risas de aquellos niños gitanos, o el avasallador optimismo del Capitán Trotamundos, o los miles de estrellas que desde lo alto del cielo me hacían guiños de complicidad. Pero también es posible que aquella noche yo, sin ser consciente de ello, hubiera traspasado las puertas que conducen a un país diferente, a un lugar donde los principios que había mantenido hasta aquel momento no tenían ya ninguna validez.

Quién sabe...

El caso es que me dormí con el resplandor de las estrellas grabado en las pupilas y una extraña sensación de felicidad bulléndome en el pecho.

Ah, sí, recuerdo algo más. En algún momento de la noche, quizá desvelada por el canto de un búho, me pareció distinguir la figura de Horacio, sentado en posición de loto, con los ojos cerrados y..., en fin, levitando por encima de las copas de los árboles, como el místico lama que en su locura creía ser. Imagino que se trató de un sueño, pero, en cualquier caso, fue un sueño extraordinariamente real.

Al día siguiente fui la última en levantarme. Me despertó el olor a humo y el crepitar del fuego. Algo se estaba quemando.

Capítulo siete

Laura se incorporó bruscamente y parpadeó varias veces, intentando espantar el sueño que se le pegaba a los ojos como los hilos de una telaraña invisible. Durante unos segundos no supo dónde estaba. Cuando por fin logró enfocar la mirada, vio con sorpresa y alarma que la caravana del Capitán Trotamundos ardía por los cuatro costados.

Los Heredia se encontraban junto a su camión, ocupándose de fijar la carga mediante unas largas cuerdas. Horacio estaba sentado frente a una fogata, preparando café. Nadie parecía prestar atención al incendio.

—¿Qué ha pasado? —preguntó Laura mientras se deslizaba fuera del saco de dormir.

Horacio, que había vuelto a asumir la personalidad del Profesor, sonrió bonachonamente.

—Buenos días, querida niña. ¿Has descansado?

—La caravana... —musitó ella, señalándola con un dedo—. Está ardiendo...

—¡He sido yo! —el Capitán apareció por detrás de la llameante caravana con una mochila y una funda de guitarra en los brazos—. ¡Yo le he prendido fuego a ese trasto inmundo! —dejó los bultos sobre la hierba—. Estaba harto —prosiguió—. Hasta las narices de permanecer aquí, como un viejo buque en el dique seco. Así que he decidido irme, ponerme otra vez en movimiento, sin mirar atrás. Como una rama arrastrada por un torrente, así es mi destino.

Laura se frotó los ojos, todavía somnolienta.

—¿Y Tomás? —preguntó.

—Ha ido al pueblo —dijo Horacio, apartando la cafetera del fuego.

—En cuanto vuelva nos iremos —intervino León Heredia—. Es tarde.

Horacio sirvió el café en tazas de lata y las distribuyó entre todos los presentes. Laura bebió a sorbitos la abrasadora infusión; con cada trago notaba cómo la modorra desaparecía y era sustituida por un agradable calorcillo en el estómago.

Apenas diez minutos después regresó Tomás.

—¡Hola a todos! —exclamó, agitando la vara de fresno—. ¿Me habéis echado de menos?

—¿Dónde estabas? —preguntó Laura.

—Tenía que llamar por teléfono a un colega —le echó un vistazo a la caravana y dijo apreciativamente—: Buena hoguera, Capitán...

León Heredia hizo sonar el claxon de su camión.

—¡Nos vamos! —gritó.

Tomás, Horacio y Laura subieron a la parte trasera del vehículo e intentaron acomodarse entre la chatarra, pero el Capitán Trotamundos no hizo amago de imitarlos.

—¿Vienes con nosotros, Capitán? —preguntó Tomás.

—No, amigo mío. Tengo que seguir mi propio camino —el hombre se puso la mochila y cogió la guitarra por el asa de la funda donde estaba guardada—. Me voy a Nueva Zelanda, la patria del quivi, un paraíso, la auténtica tierra de promisión. Pero antes, tengo algo que hacer: debo buscar el eslabón perdido, las llaves de la caja de Pandora, una aguja en un pajar. Quiero encontrar el Cenobio de los cenobitas, averiguar dónde se esconden —comenzó a alejarse con paso vigoroso.

Al cabo de unos segundos agregó a grandes voces:

—¡Soy el Capitán Trotamundos, el césar de los caminos, el Gengis Khan de los viajeros! ¡Como una hoja de otoño impulsada por el vendaval, así soy yo!

León Heredia metió una marcha y el vehículo arrancó pesadamente entre un estruendo de chirridos y explosiones. Si durante el viaje de ida, yendo de vacío, el camión de los Heredia se había comportado como un cacharro al borde del desguace, en el viaje de vuelta, cargado hasta los topes de chatarra, pareció una tortuga renqueante dispuesta a tirar la toalla en cualquier momento.

Sin embargo, cuatro horas más tarde llegaron al extrarradio de la ciudad. León Heredia se detuvo en un lateral de la autopista y Tomás, Horacio y Laura descendieron del camión. Después de despedirse de la familia gitana, Laura preguntó:

—¿Y ahora qué?

—Ahora —contestó Tomás, desperezándose—, vamos a buscar a los cenobitas.

Los Heredia les habían dejado al sudeste de la ciudad, a unos tres kilómetros de El Pozo, pero en vez de dirigirse hacia allí, Tomás echó a andar en dirección contraria, hacia el norte, atravesando los feos barrios de la periferia.

De cuando en cuando se topaban con algunos mendigos; Tomás, invariablemente, les preguntaba por los Hermanos del Cenobio, y así fue cómo, una hora más tarde, en medio de una mísera barriada de chabolas, dieron con una furgoneta blanca y un tenderete de mesas y sillas plegables.

Era uno de los comedores de caridad de los cenobitas.

* * *

El inspector Arriaga estaba en su despacho de la comisaría, sentado frente al escritorio, inmóvil, con la vista fija en el teléfono. Su mente era un torbellino de ideas contrapuestas y recuerdos dolorosos. Llevaba así diez minutos, desde que, a primera hora de la mañana, sonó el teléfono. Fue una llamada anónima. Descolgó el auricular y, tras mascullar un seco «diga», escuchó una voz suave, infantil, al otro lado de la línea:

—¿Cómo va eso, *poli?*

—¿Quién es?

—Oh, un amiguete —la voz sonaba burlona—. Tu colega del alma, tío, tu tronco.

Arriaga torció el gesto; eran las ocho de la mañana y no estaba de humor para bromas.

—Oye, chaval —gruñó—, no sé si sabes que bloquear sin motivo un teléfono policial es un delito...

—No te sulfures, *poli* —le interrumpió la voz, risueña—. Tengo un motivo para llamarte. Estás investigando el asesinato de un tal Germán López, ¿verdad?

Una alarma comenzó a resonar en el cerebro del policía.

—¿Quién eres? —preguntó, súbitamente alerta.

—Eso no importa. Presta atención: quizá pienses que no vale la pena molestarse por un mendigo muerto. Si lo hicieras, te equivocarías. Investiga lo que le pasó a Germán y quizá descubras por qué están desapareciendo los chicos... —una pausa—, o dónde está tu hijo.

Arriaga sintió que el corazón le daba un vuelco.

—¡¿Qué sabes tú de mi hijo?! —gritó.

Un prolongado silencio.

—Estaremos en contacto, *poli* —dijo la voz.

Y colgó.

El policía permaneció unos segundos con el zumbido de la línea muerta resonándole en el oído. Luego, como si saliera de un trance, colgó el auricular y se quedó mirando el teléfono.

De no ser por la mención a su hijo, Arriaga no se habría tomado en serio aquella llamada. La travesura de un chiquillo, ésa era la explicación más lógica. Pero aquel chiquillo desconocido había mencionado a su hijo y eso lo cambiaba todo.

Su hijo. Por alguna razón, cada vez que Arriaga pensaba en él lo recordaba como el niño que fue y nunca como el joven que llegó a ser. Ésa era la imagen que se formaba en su memoria, la imagen de un muchachito de diez años que caminaba alegre a su lado, contemplándole con ojos llenos de admiración.

Dios santo, cómo había querido a aquel niño...

Luego, poco a poco el niño creció, la admiración se difuminó de su mirada, adquirió ideas propias y comenzaron los problemas. En fin, no era una historia muy original. Sucede todos los días, en todas partes. «Conflicto generacional» lo llaman. Es un tópico muy vulgar que, por lo general, acaba solucionándose con el tiempo.

Pero en su caso no fue así. Los problemas crecieron y las discusiones se sucedían con cada vez mayor frecuencia, hasta que un mal día todo se fue al infierno. Ocurrió en primavera. Su hijo no había aparecido en toda la noche y él se quedó despierto, esperándole. Por la mañana, a primera hora, la puerta de la calle se abrió y el muchacho entró en la casa. Por aquel entonces tenía diecisiete años. Arriaga se aproximó a él y, sin decir nada, le propinó una bofetada. Su hijo tampoco habló. Le dirigió una mirada llena de odio, se dio la vuelta y se fue. Y ya nunca más volvió.

Al principio, Arriaga mantuvo una actitud intransigente, negándose incluso a hablar de él con su mujer. Pero al cabo de un año, el policía no pudo aguantar más el tipo. Se tragó su orgullo y comenzó a buscar desesperadamente a su hijo. No lo encontró. Era como si se lo hubiera tragado la tierra, o como (se estremecía sólo de pensarlo) si hubiera muerto.

Y ahora, de repente, un chico le decía por teléfono que quizá hubiera un modo de encontrar a su hijo.

El inspector Arriaga cerró los ojos y evocó de nuevo la imagen de aquel niño que se cogía de su mano mientras paseaban por el campo. Ahora tendría diecinueve años.

Si es que aún vivía...

* * *

Los miembros de la Hermandad del Cenobio que atendían el comedor de caridad ambulante eran cuatro jóvenes de aspecto aseado y expresión beatífica, todos ellos vestidos con camisas blancas de manga corta y corbatas azul celeste.

Tomás, Horacio y Laura, sentados entre mendigos y vagabundos, participaron como los demás de aquella comida gratuita, que constaba de dos platos, postre y café. Para sorpresa de Laura, y en contra de lo que cabía esperar de un comedor de caridad, todo estaba realmente bueno. Alimentos de primera calidad cocinados con gusto y cuidado.

Al concluir la comida, mientras los vagabundos se dispersaban, Tomás se aproximó a uno de los cenobitas, un joven de *veintipocos* años cuyos ojos, demasiado inocentes para su edad, se empequeñecían detrás de unas gruesas gafas de miope. Una plaquita prendida de la pechera de su camisa indicaba que su nombre era Fermín.

—¿Cómo va eso, colega? —le saludó Tomás, sonriente.

—Hola, hermano —respondió el joven—. ¿Has disfrutado de la comida?

—Como un burro en un pajar, tío. Quería daros las gracias, estaba todo tela de bueno.

Fermín sonrió bondadosamente.

—No, hermano, gracias a ti por compartir nuestro pan.

—Escucha —prosiguió Tomás—, esto del Cenobio parece un buen rollo. ¿De qué vais?

—De amor fraterno. Eso es lo que nos anima.

—Ya, pero ¿tenéis una iglesia o algo así?

—Nuestra iglesia son los caminos, allí donde haya necesitados.

—Vale, pero en algún sitio viviréis, ¿no?

—Mis tres compañeros y yo compartimos un humilde piso...

—¿Y quién lo paga? —le interrumpió Tomás—. ¿Y las comidas, y la furgoneta, y la gasolina? Todo eso cuesta una pasta gansa. ¿De dónde sale?

—De la caridad, hermano.

—¡Ah! ¿También pedís limosna?

—No, nosotros... —el joven miró a un lado y a otro, incómodo ante aquel inesperado interrogatorio—. El Maestro recoge los fondos necesarios para llevar a cabo nuestra obra y los distribuye entre los diversos grupos de su grey.

—¡El Maestro! —Tomás se palmeó la frente, como si acabara de realizar algún fantástico descubrimiento—. ¿Quién es ése? ¿Vuestro líder, vuestro Papa o algo así?

La sonrisa beatífica regresó a los labios de Fermín.

—El Maestro es nuestra inspiración, nuestro guía, nuestra meta. El Maestro es el fundador del Cenobio.

—Ah, vaya, debe de ser un tío grande ese Maestro... —Tomás se rascó la cabeza, pensativo—. ¿Dónde vive?

El cenobita parpadeó, como si le costara comprender la pregunta.

—Pues, el Maestro... —vaciló—. Supongo que debe de vivir allí donde su presencia sea más necesaria.

—Es un santo, ¿eh? ¿Tú le has visto?

—En mi corazón.

—Claro, claro, pero ¿y con los ojitos? Supongo que cuando os trae la pasta para vuestras buenas obras le veréis.

—El dinero es ingresado en la cuenta corriente de un banco —la beatitud del cenobita se trocó en una expresión de impaciencia—. Mira, hermano, disfruto mucho charlando contigo, pero tengo cosas que hacer...

Tomás sonrió con inocencia.

—Perdona, colega, te estoy dando la paliza. Sólo una cosa más: me enrolla cantidad esto del Cenobio. ¿Cómo puedo ingresar en vuestra comunidad?

El joven contempló a Tomás con absoluta perplejidad, como si le pareciera la cosa más extraña del mundo que alguien quisiera entrar en la secta a la que él mismo pertenecía.

—Uno no elige ingresar en el Cenobio —repuso tras una prolongada pausa—. Es el Maestro quien reúne a los elegidos. Dedícate a hacer el bien, conforta a los que sufren, alimenta a los hambrientos y, cuando tu alma se purifique, no te quepa duda de que el Maestro te llamará.

—Vale, colega, tomo nota —Tomás hizo girar la vara de fresno entre los dedos—. ¿Estaréis aquí por la noche?

—A partir de las ocho y media comenzaremos a servir la cena, hermano.

—Pues reservadme una mesa junto a la orquesta —se despidió el muchacho.

Fermín (con cara de no haber comprendido el chiste) observó confuso cómo el muchacho se reunía con un adulto y una chica joven. Luego, el cenobita se encogió de hombros y comenzó a recoger los platos sucios que descansaban sobre las mesas.

—¿Qué has averiguado? —le preguntó Laura a Tomás en cuanto éste llegó a su lado.

—Esos tíos son más inofensivos que un caniche con bozal.

—¿Ves? ¡Te lo dije! —la muchacha puso cara de suficiencia—. Ya sabía yo que los cenobitas no tenían nada que ver con la muerte de Germán.

—Eh, no corras tanto, piba. El colega con el que he hablado se cree un santo, y estoy seguro de que sus troncos son tan inocentes como él. Pero la Hermandad del Cenobio... —chasqueó la lengua—, ah, eso es otra cosa.

—¿A qué te refieres, hijo? —intervino Horacio-Profesor.

—He hablado un buen rato con ese angelito y no ha intentado comerme el coco —hizo una pausa—. ¿Conoces alguna secta que no intente liarte? Después le he dicho que quería ser un cenobita y me ha mirado como si yo fuera un perro verde. Además, ese montaje de los comedores de caridad cuesta una pasta gansa, pero esos tíos no te venden barritas de incienso, ni te piden limosna, ni nada de nada. Entonces, ¿de dónde sale el dinero? Además, los cenobitas tienen un sumo sacerdote, un gurú, o lo que sea, al que llaman el Maestro. Para ellos es la pera en bote, pero ese coleguita con el que he hablado no tiene ni pajolera idea de dónde está la residencia de su Gran Lama. Mucho misterio para unas simples almas benditas.

Se produjo un largo silencio. Laura extendió los brazos en gesto de perplejidad.

—Bueno —dijo—, ¿y ahora qué?

Tomás empuñó la vara de fresno y jugueteó con ella como si fuera una espada.

—Ahora, pibita —repuso mientras echaba a andar—, nos iremos a dar un paseo y haremos tiempo hasta la hora de la cena.

* * *

Atardecía. Eduardo se arrancó el esparadrapo que llevaba en el brazo y contempló la costrita de sangre seca que marcaba el lugar donde la aguja estuvo clavada. Aún le dolía un poco, pero al recordar el fajo de billetes que tenía en el bolsillo, su humor se tornó risueño. Era un montón de pasta, y todo se lo debía a Elías.

El joven sonrió al recordar a su nuevo amigo. Elías era un tipo legal, un colega; sin conocerle de nada, le había echado una mano y se había convertido en su protector. Su sonrisa se amplió al recordar la cara de tonto que se le puso cuando Elías le habló del Vampiro. Al principio no entendió nada, pero luego Elías le explicó que «Vampiro» era el sobrenombre que se les daba a las clínicas que compraban sangre.

¡Pagar por la sangre! A Eduardo jamás se le hubiera ocurrido algo así. Pero vaya que si le pagaron...

—Tu grupo sanguíneo es muy poco frecuente, jovencito —había dicho el médico que les atendió—. AB negativo; muy poco frecuente, sí, señor.

Eduardo sacó del bolsillo el papel que le habían dado en la clínica, con su análisis de sangre impreso por ordenador. Le echó un vistazo y, tras decidir que no comprendía nada, hizo una bola con él y lo tiró al suelo. Luego comenzó a dar vueltas de un lado a otro, contemplando distraído el ir y venir de la gente por las calles. Consultó su reloj. Había quedado con Elías en aquella esquina y el hombre se retrasaba.

—¡Eduardo! —gritó una voz.

El muchacho se dio la vuelta y vio a su amigo, acercándose a él a la carrera.

—¿Cómo ha ido eso, Elías? ¿Has hablado con tu amigo?

—Sí —el hombre sonrió de oreja a oreja—. Y ha dicho que tiene un trabajo para nosotros. Como camareros de un bar, mañana empezamos.

Eduardo estuvo a punto de dar un grito de alegría.

—¡Genial, tío! —exclamó.

—Anda, vamos a tomar una caña, que estoy seco.

Mientras se dirigían a un bar cercano, el cerebro de Elías funcionaba a toda velocidad. Había tenido suerte, muchísima suerte. Casi no podía creérselo. Después de tantos meses de búsqueda infructuosa, y menos de una semana después de que el Maestro le reprendiera por su fracaso, ahí estaba la tan esperada presa. Aquel muchacho cumplía todos los requisitos, era una rara y preciada joya, un tesoro inesperado. Literalmente, valía cientos de millones.

Y había sido él, Elías, quien lo había encontrado. Sonrió. El Maestro estaría satisfecho.

Contempló de reojo al muchacho, que caminaba confiado a su lado. Era como llevar en el bolsillo un décimo premiado de lotería. Al principio, cuando salieron de la clínica, Elías estuvo tentado de ocuparse de él allí mismo, a plena luz del día. Pero supo controlarse. Había un procedimiento y, en eso, el Maestro era inflexible. Las abducciones (como él las llamaba) debían realizarse de noche, en una zona apartada y con la colaboración del segundo prospector.

El Maestro tenía razón (siempre la tenía): tratándose de un trabajo tan delicado como el que realizaban, toda precaución era poca. Por eso Elías se había puesto en contacto con Arturo, su compañero, y había convenido con él llevar a cabo el rapto aquella misma noche.

—Oye, Elías —dijo el muchacho, interrumpiendo el curso de sus pensamientos—, ¿dónde dormiremos hoy?

—En una pensión limpia y barata que conozco. Iremos allí después de cenar donde los cenobitas.

Eduardo torció el gesto.

—Pero si tenemos pasta, tío —protestó—. Podemos cenar en un restaurante. Venga, yo invito.

—¿Ya estamos derrochando, colega? Recuerda que ese dinero que te han dado en el Vampiro tiene que durarte. Además, la comida de los cenobitas es buena —Elías sonrió amistosamente, como lo haría un hermano mayor—. Tú confía en mí —agregó— y ya verás como todo te va bien.

* * *

La negra furgoneta estaba estacionada en el aparcamiento de un centro comercial situado a las afueras. En medio de un crepitar de estática, el receptor de radio instalado en el salpicadero captó el mensaje que, a través de la banda 22, el Maestro dirigía a todos los prospectores:

—El vecino del tercero ya ha encontrado a su perro. Estaba en el parque. Suspended la búsqueda por esta noche.

Se trataba de un mensaje en clave, por supuesto. El «vecino del tercero» quería decir Elías, «perro» significaba el objetivo establecido y el «parque» era la zona este de la ciudad. En cuanto a lo de «suspender la búsqueda», eso era literal. Cuando uno de los prospectores se disponía a llevar adelante una abducción, ningún otro debía actuar por la zona. El Maestro no quería interferencias.

—Elías se ha apuntado un buen tanto —comentó Roco.

Martín se removió en el asiento del copiloto y encendió un cigarrillo. Dio una profunda calada y exhaló una nube de humo hacia el espejo retrovisor.

—Ya veremos si ese imbécil no lo fastidia todo al final —comentó en tono cortante.

Roco inclinó la cabeza. La rasurada piel de su cráneo reflejó un rayo del sol poniente.

—¿Envidioso? —preguntó con sorna.

Martín torció el gesto y sacó un mapa de la guantera. En él aparecían marcados los lugares donde, aquella noche, iban a instalarse los comedores de caridad de los cenobitas.

—Vamos al oeste —dijo de malhumor—. Quizá pesquemos algo.

Roco giró la llave de contacto. La furgoneta arrancó silenciosamente y rodó despacio hacia la salida del aparcamiento. Martín apoyó la cabeza en el cristal de la ventanilla y cerró los ojos.

«Maldito Elías», pensó mientras aspiraba una densa bocanada de humo.

* * *

Elías y Eduardo llegaron al comedor de los cenobitas poco antes de las ocho y media de la tarde. Las mesas plegables se encontraban ya casi totalmente llenas de vagabundos, pero aun así lograron encontrar un par de sillas libres.

—De primero hay sopa *minestrone* y de segundo, pollo asado —comentó Eduardo, contemplando el cartel que estaba fijado en un lateral de la furgoneta blanca—. ¡Me gusta el pollo asado! —agregó alegremente.

Elías sonrió.

—Ya te lo dije. Estos chalados cocinan bien.

—Pero la sopa no me gusta —comentó el joven, ahogando un bostezo—. Oye, cuando acabemos de cenar me gustaría irme a esa pensión tan guapa que conoces. Estoy molido.

—Claro —asintió Elías—. Cogeremos el autobús. Hay un atajo para ir a la parada.

Mientras continuaban charlando, ninguno de ellos se dio cuenta de que, desde un extremo de la mesa más alejada, tres pares de ojos los vigilaban con tanta atención como disimulo.

* * *

—Pues a mí me parece un joven de lo más normal —susurró Laura.

Tomó una cucharada de sopa y añadió:

—Incluso tiene pinta de buena persona.

Tomás se reclinó en la silla plegable y sacudió la cabeza.

—No es tan joven, piba —dijo—. Lo parece, pero no lo es. Su coleguita, sin embargo, es un crío. Rara pareja.

—Quizá sean hermanos —sugirió la muchacha.

—Sí. Se parecen como un huevo a una castaña. Además, fíjate en el más viejo: va muy limpito, demasiado para un vagabundo. Ni siquiera lleva luto en las uñas.

—No sé cómo puedes verle las uñas —refunfuñó Laura—. Desde tan lejos y con esas absurdas gafas.

Sin hacerle caso, Tomás se volvió hacia Horacio.

—¿Qué opina, Profesor? —preguntó.

—¿Yo?... —Horacio parpadeó, sorprendido; estaba tan encantado con la sopa que no había hecho mucho caso a la conversación—. Pues la verdad, hijo, no soy un gran observador. Las ideas abstractas se me dan bien, pero la realidad no es lo mío, debo reconocerlo.

—Entonces, Profesor —sonrió Tomás—, llame a Dedos García.

—¡¿A Dedos?! —Horacio parecía consternado—. Pero, querido muchacho, ese individuo es muy desagradable.

—Puede, pero le necesito.

Horacio contempló con tristeza su plato de sopa.

—¿Y no puedes esperar a que acabe? Me encanta la *minestrone*...

—No hay tiempo, Profesor. Necesito a Dedos. Ahora.

Horacio musitó un «qué le vamos a hacer», dejó la cuchara sobre la mesa e hizo una profunda inspiración. De pronto, su espalda se arqueó, puso los ojos en blanco y exhaló una bocanada de aire. Entonces su rostro cambió; los ojos se entrecerraron, el ceño se frunció levemente y lo que antes había sido una bondadosa sonrisa pasó a convertirse en una mueca algo rijosa.

—¿Qué le pasa? —preguntó Laura, perpleja—. ¿Ha cambiado de personalidad?

—Sí, pibita —contestó Tomás—. Te presento a Dedos García. Es un estafador, un ladrón y un tramposo. Vamos, un tío genial.

—Hola, muñeca —dijo Horacio-Dedos con voz untuosa—. ¿Te gustan los *bugas?* Tengo un Mercedes último modelo aquí cerca. Si quieres, te llevo a dar una vuelta...

—No es momento de pelar la pava, Dedos —le interrumpió Tomás—. ¿Ves a ese tipo de ahí, el que está con ese chaval? Demasiado aseadito, ¿verdad? ¿Qué te parece?

Horacio-Dedos dirigió sus ojos de rata hacia el lejano Elías y le observó detenidamente. Uno de los cenobitas comenzó a retirar los platos de sopa mientras otro servía el pollo. Laura se inclinó hacia Tomás.

—¿Qué demonios haces? —le dijo en voz baja—. Estás pidiéndole consejo a un loco...

—Shhh —la interrumpió el muchacho—. Dedos conoce el mundo del hampa al dedillo. No le distraigas.

Guardaron silencio. Al cabo de unos segundos, Horacio-Dedos miró de reojo a Tomás.

—Ese tipo no es trigo limpio —dijo—. Fíjate en sus manos. Nudillos muy abultados. Practica kárate o algo así, es un Bruce Lee. Lleva un cuchillo bajo la chaqueta y otro en el tobillo. Un profesional, un tipo duro. Peligroso. Mucho.

Tomás enarcó una ceja.

—Me lo imaginaba —murmuró.

Laura le cogió del brazo y le susurró al oído:

—Pero Horacio está loco, no puedes tomártelo en serio.

El muchacho le dedicó una confiada sonrisa.

—Horacio está chalado —aceptó—. Pero eso no quiere decir que sus otras personalidades lo estén también.

Laura fue a decir algo, pero se contuvo. El argumento de Tomás era absurdo, por supuesto; sin embargo, no estaba muy segura de cómo rebatirlo.

—¡Vaya hombre! —refunfuñó Horacio, volviendo a convertirse en el Profesor—. Se han llevado la sopa —suspiró—. Con lo que me gusta la *minestrone.*

Laura respiró profundamente y desvió la mirada. Horacio estaba loco, pensó, y Tomás también, de eso no cabía duda. Pero ella era la más chiflada de todos. ¿Quién le mandaba estar ahí, rodeada de vagabundos, cenando en un comedor de caridad en compañía de un par de individuos evidentemente trastornados?

—¡Se van! —exclamó Tomás.

Sobresaltada, Laura volvió la cabeza. En efecto, Elías y Eduardo no habían esperado al postre y ahora se alejaban hacia la arboleda que crecía por detrás de las chabolas, en dirección a la autopista.

—Tenemos que seguirlos —dijo el muchacho, incorporándose—. Vamos, Profesor, quizá necesitemos al Samuray.

—¿Ahora? —Horacio miró con decepción la pechuga de pollo que humeaba frente a él.

—Pero, ¿por qué vamos a seguirlos? —preguntó Laura.

Tomás se volvió hacia ella.

—Tú no, pibita —dijo—. Iremos el Profesor y yo. Tú espéranos aquí. No te muevas, volveremos en un periquete.

Antes de que Laura pudiera reaccionar, Tomás y Horacio comenzaron a alejarse de ella, siguiendo de lejos a los confiados Elías y Eduardo. La muchacha permaneció unos segundos inmóvil, desconcertada. Luego miró a su alrededor, contemplando con prevención los rostros mal encarados de sus compañeros de mesa. Uno de ellos eructó ruidosamente.

«¡Ni loca voy a quedarme aquí sola!», pensó Laura. Se levantó y echó a correr en pos de sus amigos.

* * *

Hacía unos minutos que el Sol se había ocultado por detrás del horizonte. Se encontraban junto a uno de los ramales de la autopista, en un solitario paraje poblado de arbustos y maleza.

Eduardo se detuvo, extrañado, y miró en derredor.

—Te has liado —dijo—; aquí no hay ninguna parada de autobús.

Elías se aproximó al muchacho, sonriente.

—No —repuso—, no me he equivocado.

Hubo algo en el tono del hombre, un matiz frío e irónico, que alertó a Eduardo e hizo que comenzara a girarse con repentina desconfianza.

—Oye, ¿qué pasa?...

Pero ya era demasiado tarde. Elías saltó sobre él, lo sujetó con fuerza y le clavó en el brazo la aguja de una jeringuilla. Eduardo intentó debatirse, gritar, pero, antes de poder hacer cualquiera de ambas cosas, notó que su mente se volvía turbia, que las piernas se le doblaban, que las fuerzas abandonaban su cuerpo, sumiéndolo en una abrumadora debilidad.

—Socorro... —logró musitar y, acto seguido, se derrumbó inconsciente.

Elías sonrió de oreja a oreja mientras guardaba la hipodérmica. Luego sacó del bolsillo una pequeña linterna y, dirigiéndola hacia la carretera, la encendió y apagó tres veces consecutivas.

—Eh, tío —dijo de pronto una voz—; ¿de qué va este rollo?

Elías se dio velozmente la vuelta y contempló con sorpresa al hombre y al muchacho que acababan de aparecer por entre los arbustos. Parecían un par de inofensivos vagabundos.

—Mi amigo —dijo Elías sonriente—; se ha desmayado.

Tomás le devolvió la sonrisa.

—Claro que se ha desmayado —asintió—, pero quizá sea por la porquería que le acabas de inyectar.

Una sombra cubrió el rostro del prospector. Justo en ese momento, una camioneta negra con las luces apagadas llegó por la vía de servicio y se detuvo junto a ellos. La portezuela del conductor se abrió y un hombre saltó al suelo.

—¿Quiénes son ésos? —preguntó Arturo, sin apartarse del vehículo.

—Nadie —respondió Elías—. Yo me ocupo de ellos —se dio la vuelta y comenzó a aproximarse lentamente a los dos intrusos—. Escuchad —dijo sonriente—, ¿queréis ganar unos duros?

Tomás se aproximó a Horacio.

—Profesor —susurró—, dígale al Samuray que venga.

—¿El Samuray? —Horacio torció el gesto—. Quizá no sea necesario, querido muchacho. Podemos intentar razonar con ese caballero.

Elías se encontraba a menos de diez metros de distancia y continuaba avanzando.

—Déjese de chorradas, Profesor —insistió Tomás—. Si no llama al Samuray ahora mismo, lo vamos a pasar muy chungo.

Horacio profirió un suspiro y asintió. De pronto, su espalda se curvó como si hubiera recibido una descarga eléctrica, puso los ojos en blanco y sus manos se crisparon. Luego, su rostro se relajó hasta convertirse en una máscara inexpresiva. Avanzó unos pasos y se interpuso en el camino de Elías.

—Soy Nobusuke Mayeda, del sogunato Fukuda —dijo Horacio-Samuray con voz neutra—. No des un paso más, *gaijin*.

Elías enarcó una ceja.

—Se te ha ido la mano con la bebida, ¿verdad? —contestó, dando otro paso.

Con movimientos inesperadamente fluidos, Horacio se puso en guardia: flexionó las piernas y adelantó la mano izquierda, al tiempo que llevaba la derecha a la cintura.

—Eres un asesino profesional —dijo sin emoción alguna—. Mantienes las manos giradas. Ocultando las palmas. Ocultando el cuchillo. Amagarás con el puño derecho. Pero intentarás clavarme el acero que escondes en la otra mano. Fallarás.

Por un instante, Elías se sintió confundido. Aquel vagabundo había anunciado con absoluta precisión sus propósitos. Pero cometió el error de confiarse (¿qué podía temer de un simple mendigo?) e hizo lo que desde un principio había pensado: lanzó un puñetazo con la derecha que falló por centímetros y, casi simultáneamente, intentó apuñalar al entrometido con el cuchillo que ocultaba en la mano izquierda.

Sólo lo intentó. Porque Horacio-Samuray giró sobre sí mismo a una velocidad vertiginosa, golpeó con el canto de la mano los dedos que sujetaban el cuchillo y barrió con la pierna los pies de Elías.

El prospector cayó pesadamente al suelo al tiempo que el puñal se desprendía de su mano. Sin perder un segundo, se incorporó de un salto y adoptó una postura defensiva, los brazos adelantados y los ojos fijos en Horacio.

—¿Quién eres tú? —murmuró.

—Nobusuke Mayeda, samuray al servicio de la casa Fukuda. Ya te lo he dicho, *gaijin*.

Los ojos de Elías se entrecerraron. Disimuladamente, empuñó el cuchillo que llevaba en el tobillo, oculto por el pantalón.

—Tú estás loco... —gruñó.

Y se abalanzó contra su oponente. La afilada hoja del puñal voló hacia el estómago de Horacio, pero éste volvió a moverse como una centella. Se apartó a un lado, igual que un matador esquivando la embestida de un toro, sujetó con fuerza el brazo de Elías, se inclinó hacia delante (en medio de un revuelo de su gabardina) y el prospector salió despedido por los aires, para estrellarse violentamente contra el suelo. Al caer, una piedra le golpeó en la cabeza y lo dejó inconsciente.

Entonces todo pareció acelerarse. Arturo, que aún permanecía junto al vehículo, introdujo una mano bajo la chaqueta y la sacó un segundo después acompañada de una pistola.

Instantáneamente, Horacio-Samuray se llevó las manos atrás y extrajo la espada, ligeramente curvada y con empuñadura de madera, que había mantenido oculta bajo la gabardina.

Arturo le apuntó y efectuó un disparo. La espada centelleó en el aire, desviando con la hoja el proyectil. El prospector abrió la boca, sin poder creerse del todo lo que acababa de contemplar. Tras una breve vacilación, afinó la puntería y disparó cuatro veces consecutivas.

La espada de Horacio relampagueó de un lado a otro como una exhalación. Los estampidos de la pistola se mezclaron con el chasquido metálico de las balas al impactar contra el acero.

Arturo resopló, asombrado. ¡Aquel vagabundo había desviado sus disparos con una espada! Pero no se detuvo a considerar lo increíble del hecho. Varió el ángulo de tiro y efectuó un nuevo disparo que, esta vez, no iba dirigido a Horacio. Luego se introdujo de un salto en la furgoneta, arrancó haciendo chirriar las ruedas y partió a toda velocidad en dirección a la autopista.

El tiempo pareció detenerse, como si la escena se hubiera convertido en el fotograma congelado de una película. Entonces, unos arbustos se agitaron y Laura avanzó unos pasos con los ojos, desmesuradamente abiertos, fijos en Horacio.

—Tiene una espada... —musitó débilmente.

—¿Qué haces aquí, piba? —preguntó Tomás—. Te dije que te quedaras con los cenobitas.

—Pero tiene una espada... —repitió la muchacha.

—Es una *katana* —la corrigió Horacio, enfundando su arma en la vaina que portaba a la espalda, bajo la gabardina.

—Claro que tiene una espada —repuso Tomás—. Es un samuray, ¿qué esperabas? ¿Un tirachinas?

Laura avanzó unos pasos, estupefacta.

—Pero ha desviado las balas con la espada... —murmuró.

—Ajá —asintió Tomás.

—Pero, pero... nadie puede hacer eso...

—Pues parece que él sí.

—Pero es imposible... —insistió Laura.

Tomás se cruzó de brazos y ladeó la cabeza.

—Qué pesada eres a veces, pibita —dijo—. Lo has visto tú misma, ¿no?

—Los occidentales no hacéis más que cotorrear como viejas —intervino Horacio-Samuray, que se había puesto en cuclillas al lado del yacente cuerpo de Elías—. Este hombre —agregó— está muerto.

—¡Maldita sea! —Tomás torció el gesto—. Quería hablar con él... ¿Lo has matado tú?

Horacio negó con la cabeza.

—No —dijo, incorporándose—. Le disparó el otro *gaijin*.

—¿Le ha matado su compañero? —Laura parpadeó—. ¿Por qué?

—Para que no hablase —respondió Tomás, pensativo; se aproximó al inmóvil cuerpo de Eduardo y lo examinó rápidamente—. El chaval está vivo —señaló—. Fuera de combate, pero vivo.

Laura respiró profundamente, intentando serenarse.

Desvió la mirada y, sin pretenderlo, sus ojos encontraron el cadáver de Elías.

—Ay, Dios mío... —musitó—. ¿De verdad está muerto? ¡Ay, Dios mío, ay, Dios mío, ay, Dios mío!...

—Vale ya, pibita. No te me pongas ahora de los nervios.

—Pe-pero hay que avisar a la policía...

—Sí, hombre, no tenemos nada mejor que hacer —Tomás sacudió la cabeza—. Ahora hay que salir por piernas. Ya hablaremos con la *pasma* en su momento —se volvió hacia Horacio—. Oye, chino, ¿puedes cargar con el chaval?

—No soy chino —le corrigió el Samuray, ofendido—. Nací en Japón en 1689 —prosiguió al tiempo que se echaba el cuerpo de Eduardo a la espalda, como si no pesara nada—. Soy un honorable guerrero al servicio del gran sogún Fukuda y...

—Vale, vale, Hiro-Ito —le interrumpió Tomás, poniéndose en marcha—. Pero vámonos de aquí.

* * *

Caminaron en silencio, alejándose de la ciudad, eludiendo las carreteras y los núcleos poblados. Al cabo de una hora se detuvieron en un bosquecillo de encinas, cerca de un arroyo. Horacio-Samuray depositó cuidadosamente el cuerpo de Eduardo sobre el suelo. Luego se alejó unos cuantos metros, se puso en cuclillas e, inmóvil como una estatua, se dispuso a montar guardia.

—Pero no puede ser —decía Laura, que se había sentado en un tronco caído, al lado de Tomás—. ¿Es que no lo comprendes? ¡Es imposible! Horacio está loco, ¿no?, y ahora cree que es un samuray del siglo XVII. Vale. Pero eso no quiere decir que sea una samuray de verdad, ¿no es cierto? Se lo cree, pero no lo es. Así que no puede hacer todo eso que hace, ¿verdad?

Tomás ahogó un bostezo y se ajustó las gafas.

—Pero lo hace —señaló.

—Ya, ya lo sé, caray; pero no lo entiendo...

El muchacho puso cara de aburrimiento.

—Te comes mucho el coco, pibita —dijo—. Mira, Horacio es como una de esas navajas del ejército suizo. Vale para todo.

—¡Menuda explicación! Horacio no puede...

Enmudeció al escuchar un débil gemido. Eduardo se quejaba quedamente mientras comenzaba a removerse sobre el suelo. Tomás echó a correr hacia el desmayado muchacho.

—Eh, tío, despierta —dijo, sacudiéndole por los hombros.

Eduardo abrió los ojos y parpadeó. Tomás sonrió amigablemente.

—¿Cómo va eso, tronco?

Eduardo dio un respingo y, arrastrándose por el suelo, intentó retroceder.

—¿Quiénes sois? —preguntó, atemorizado—. ¿Dónde estoy? ¿Qué ha pasado?

Tomás alzó un dedo.

—Primero: somos tus amigos —dijo, y levantó otro dedo—. Segundo: estás..., bueno, a salvo —elevó el tercer dedo—. En cuanto a lo de qué ha pasado, en fin, ese amigo tuyo te atacó.

—¿Elías?... Es verdad, me pinchó con algo... Pero no recuerdo nada —cerró los ojos y se llevó una mano a la frente—. Mi cabeza... —musitó.

Tomás se volvió hacia Laura.

—Eh, piba, ¿por qué no te acercas al riachuelo y traes un trapo mojado?

Laura vaciló unos instantes y luego echó a correr hacia el arroyo. Tomás se inclinó sobre el confuso muchacho.

—¿Cómo te llamas, tío? —preguntó.

—Eduardo...

—Vale, Eduardo, ¿dónde conociste a ese tal Elías?

—Pues... en el comedor de los cenobitas.

—Chachi. Y dime otra cosa, ¿te llevó a hacer un análisis de sangre?

—¿Cómo lo sabes? —el muchacho respiró hondo—. Fuimos a vender sangre a una clínica y me hicieron un análisis...

—Genial. ¿Cuál es tu grupo?

—AB negativo... Oye, no entiendo nada.

Tomás desvió la mirada.

—AB negativo —repitió, como si aquello tuviera un especial significado.

—Ya estoy aquí —dijo Laura, trayendo en la mano un pañuelo empapado de agua.

Tomás lo cogió y se lo puso a Eduardo sobre la frente.

—¿Te puedes levantar, colega?

El muchacho asintió débilmente y se puso en pie.

Durante unos instantes se tambaleó como un borracho y tuvo que apoyarse en Tomás para no caer.

—¿Te encuentras bien, tío? Vale, pues escucha: han estado a punto de raptarte, ¿comprendes? Y no te creas que el peligro ha pasado. Si te vuelven a pillar, la diñas. Fijo.

—Pero, ¿por qué?

—Eso no importa. Te has escapado de casa, ¿verdad? Pues no sé qué motivos tienes, pero da igual. Vas a volver con tus viejos y no saldrás a la calle durante..., bueno, supongo que dos o tres días serán suficientes.

—Pero no puedo volver a casa —protestó el muchacho.

—Claro que puedes. Porque si no lo haces, te convertirás en un fiambre y eso *mola* muy poco. Así que ahora mismo te vas a ir a casita.

—¿Ahora? Pero si es de noche... Y ni siquiera sé dónde estoy.

Tomás señaló hacia el intenso resplandor que iluminaba el horizonte por el oeste.

—¿Ves esas luces? Pues ahí está la ciudad. Ve por el campo, no por la carretera, y directo a la choza de tus viejos, ¿vale? Ah, y no se te ocurra acercarte a los cenobitas.

—Pero...

—¡Vamos! —Tomás dio una palmada—. ¡Largo de aquí!

Eduardo vaciló, confuso, y luego echó a andar con paso inseguro hacia el lejano fulgor de la ciudad. Tomás permaneció inmóvil, contemplando en silencio cómo la figura del muchacho se perdía en la noche.

—¿Qué te ha contado? —preguntó Laura.

—Nada. Es un pobre infeliz —Tomás se volvió hacia ella con una encantadora e inocente sonrisa iluminando su rostro—. Oye, pibita, te estás portando tela de bien. Eres una tía legal, de verdad, una coleguita de primera. Anda, ven conmigo, que tenemos que charlar un rato.

Laura enarcó una ceja. Tanta amabilidad por parte de Tomás no podía conducir a nada bueno.

* * *

—¡Ni hablar! —exclamó Laura con determinación—. ¡No pienso hacerlo!

Estaban sentados en un claro del bosquecillo de encinas, bajo la pálida luz de la Luna. Horacio-Samuray se encontraba unos cuantos metros más allá, en cuclillas, inmóvil como una figura de terracota a escala natural. Tomás agitó las manos, intentando quitar importancia al asunto que estaban tratando.

—Vamos, pibita, no seas cabezota. Escucha, ya no es sólo por la muerte de Germán. Ahora es por los chicos; están desapareciendo. Se los llevan, tía, los secuestran.

—Y tú quieres que me secuestren a mí. ¡Genial! —Laura se cruzó de brazos—. Lo que hay que hacer es dar parte a la policía.

Tomás sacudió la cabeza.

—No tenemos pruebas, pibita. Sabemos que se llevan a los chicos, pero no a dónde. Y eso es lo que tenemos que averiguar. Entonces avisaremos a la *pasma* —suspiró—. Mira, vamos a empezar por el principio. Alguien está secuestrando a chavales que se han fugado de casa. ¿Cómo? Sencillo: los cenobitas son el cebo. Y un cebo fetén, porque ni ellos mismos saben que lo son. El caso es que esos pirados dan buena comida. Y los chicos fugados, cuando la tripa les hace run-run, van a los comedores de caridad. Entonces aparece el anzuelo: un tío simpático, un coleguita, un amiguete. El chaval se confía (mira qué tío más legal me he encontrado, menuda suerte tengo) y en cuanto se descuida, zas, le ponen la banderilla. Un chutazo de droga que le deja grogui y adiós-adiós.

El rostro de Laura adoptó una expresión sarcástica.

—Claro, Sherlock Holmes —dijo—; y tú quieres que yo vaya por ahí, sola, comiendo donde los cenobitas y esperando a que aparezca uno de esos tipos simpáticos para que me secuestre. ¡Qué plan más bueno, me lo voy a pasar bomba!

—Pero nadie te va a secuestrar —insistió Tomás—. Mira, pibita, Horacio y yo estaremos vigilándote todo el tiempo, no correrás ningún peligro. Ya has visto al Samuray, ¿no?, desvía balas con su espada y es una fiera. Con un tío así cubriéndote las espaldas no te puede pasar nada. En cuanto intenten hacerte algo, apareceremos nosotros, pondremos fuera de combate a los malos y averiguaremos dónde se llevan a los chicos. Y todo habrá acabado en un periquete.

—Ya —Laura arrugó el entrecejo—. Pues si es tan sencillo, ¿por qué no lo haces tú?

—Porque a mí me conocen —repuso Tomás—. El

tío de la furgoneta, el que nos disparó. Ese gachó nos vio la jeta a Horacio y a mí. Así que no puedo hacerlo.

—Pues lo siento mucho; conmigo no cuentes —Laura encajó la mandíbula—. Mira, llevo no sé cuántos días sin bañarme, huelo mal, estoy molida y, para que te enteres, tengo miedo. Así que mañana, en cuanto amanezca, me iré a casa e intentaré olvidarme de lo que ha pasado.

—Y, entre tanto, seguirán desapareciendo chavales —Tomás se frotó la nuca y volvió la mirada hacia Horacio—. ¿Tú qué opinas, Hiro-Ito?

—Me llamo Nobusuke Mayeda —contestó dignamente el Samuray sin mover siquiera un párpado.

—Vale, Nobu-lo-que-sea, ¿qué opinas?

Horacio tardó casi un minuto en contestar y, cuando lo hizo, siguió sin alterar su casi sobrenatural quietud, con la mirada perdida en la oscuridad y el rostro impasible.

—El sintoísmo busca la armonía, el equilibrio —dijo con voz neutra—. Yo sirvo a mi señor y daría la vida por él; y mi señor, a cambio, debe hacerse acreedor a ese respeto. Hay armonía. Pero si uno de los dos traicionase ese pacto, la simetría quedaría quebrada y nada tendría sentido. Mis creencias me dicen que nadie puede alcanzar la paz y el descanso si su vida no está en equilibrio, si hay más peso en el debe que en el haber. Ahora percibo un gran mal cerniéndose a nuestro alrededor. Si ignorase ese mal, si no luchara por corregirlo, rompería la armonía de mi existencia. Yo me enfrentaré a ese mal porque mi honor así me obliga.

Pero una chica *gaijin*, una bárbara, no tiene por qué entender esto.

Tomás señaló a Horacio con un gesto teatral.

—¿Ves, pibita? Sabiduría oriental. Muy profundo.

Laura se encogió de hombros.

—Me importa un bledo —dijo con determinación—. No me convencerá él, ni me convencerás tú, ni me convencerá nadie. ¿Está claro?

Pero me convencieron, vaya que si me convencieron. Ahora no recuerdo con exactitud por qué cambié de idea, qué razones me llevaron a meterme de lleno en aquella aventura disparatada, haciendo caso omiso a lo que la razón me dictaba. Quizá fue mi conciencia, aunque lo dudo; estaba demasiado asustada como para preocuparme por los remordimientos.

En realidad creo que, desde el momento en que me fui de casa y comencé mi particular periplo junto a Tomás, algo en mi interior se dislocó. Era como si yo fuese una persona distinta. O, mejor dicho, como si lo que me estaba sucediendo le sucediese a otra persona y yo simplemente fuera una mera espectadora.

Y otra cosa más. De algún modo, sentía que algo mágico flotaba en el ambiente, a mi alrededor. Era como vivir una especie de cuento de hadas, terrible y prodigioso a la vez.

En fin, por la razón que fuese, al día siguiente no regresé a casa. En vez de ello, me dediqué a recorrer poblados de chabolas, a vagabundear sin rumbo fijo y a comer y cenar en los comedores de caridad de la Hermandad del Cenobio.

Los cenobitas, por cierto, habían trasladado otra vez sus áreas de trabajo y ahora se instalaban más al sur, en los barrios próximos al cinturón industrial. Supongo que tal cambio se debió al incidente ocurrido junto a la carretera en el que murió aquel desconocido. Igual hicieron cuando apareció el cadáver de Germán. Los cenobitas parecían huir de los proble-

mas como gato escaldado del agua caliente. O quizá no fuera una decisión de los cenobitas, sino del misterioso Maestro, cuyos designios cumplían ciegamente.

Al principio de mi vagabundeo en solitario nada digno de mención sucedió. Pasé la mañana recorriendo los barrios obreros del sur, mezclándome con las gentes que iban y venían, en medio del humo de las fábricas y del ruido de los talleres. Al mediodía acudí a un comedor de la Hermandad del Cenobio, pero nadie se acercó a mí, nadie me habló.

Por la tarde proseguí mi errático deambular, cruzando polígonos industriales, atravesando barriadas de chabolas, adentrándome cada vez más en el corazón de un mundo que yo sólo había llegado a atisbar en la lejanía, como un manchón gris extendido sobre la tierra marrón.

De vez en cuando, entre la multitud, detrás de los árboles de una plaza, o medio ocultos por las marquesinas de una parada de autobús, descubría los rostros de Tomás y Horacio, cerca y lejos al mismo tiempo, como sombras protectoras siempre pegadas a mis talones. Aquello me tranquilizaba, por supuesto, pero no lo suficiente como para librarme del profundo temor que se había instalado en la boca de mi estómago. Me sentía pequeña, vulnerable, perdida.

Y tenía motivos para ello.

Capítulo ocho

El Maestro se encontraba en su despacho, sentado frente al escritorio, con la vista fija en la pantalla del ordenador. No es que necesitara realmente aquel artilugio electrónico, ésa hubiera sido para él una debilidad demasiado humana, pero el parpadeo fosforescente del monitor le ayudaba a concentrarse.

El gran ventanal que estaba situado a su espalda se encontraba cubierto por unos gruesos cortinajes de color burdeos que dejaban el despacho inmerso en la penumbra. Al Maestro no le gustaba la luz del día; amaba la oscuridad, vivía en ella, le hacía sentirse cómodo y seguro. Además, le ayudaba a centrar sus pensamientos, a focalizar su intensa energía mental en un único objetivo. Y, ahora, tenía que pensar.

En realidad, el Maestro estaba preocupado y eso era algo muy poco usual. Lo cierto es que ni siquiera recordaba cuándo fue la última vez que algo le inquietó. Pero los recientes acontecimientos justificaban aquella rara emoción.

Elías había muerto. Lo mató su compañero, Arturo, pero eso entraba dentro de la estrategia prevista para las situaciones excepcionales. Porque Elías había sido neutralizado por dos misteriosos intrusos justo cuando se encontraba en medio de una abducción. Ahora bien, ¿quiénes eran esos intrusos? Un hombre y un muchacho. Según Arturo, el hombre usó una espada japonesa, una *katana,* para desviar sus disparos.

Eso era extraordinario, desde luego. De hecho, el Maestro sólo sabía de un hombre capaz de realizar semejante prodigio: Nobusuke Mayeda, un samuray al servicio del clan Fukuda. El problema es que Mayeda llevaba más de doscientos años muerto, así que no podía tratarse de él. ¿O sí?... El Maestro esbozó una fría sonrisa. Cosas más extrañas había presenciado.

En cuanto al segundo intruso, al parecer se trataba de un muchacho, un crío de unos catorce años, con el pelo largo recogido en una cola de caballo y los ojos cubiertos por unas negras gafas de sol. Un niño. Eso resultaba particularmente inquietante. La inocencia contiene una energía inmensa, un enorme poder. Ese muchacho podría ser un formidable adversario.

Y había alguien más. Una chica. No fue Arturo quien supo de ella, pero uno de esos patéticos cenobitas aseguraba haberla visto en compañía de dos individuos cuya descripción coincidía con la de los intrusos que neutralizaron a Elías.

El Maestro ya había ordenado la búsqueda de aquellos tres entrometidos, por supuesto, pero no podía evitar sentirse inquieto. Había algo extraño flotando en el ambiente, como si una luminosa presencia comenzara a invadir con su fulgor la dulce negrura de su amada oscuridad.

Suspiró. Para colmo de males, Elías había encontrado finalmente el cuerpo que tanto estaban buscando. Un joven candoroso e ingenuo cuya sangre era exacta, precisa, nítida, apropiada. Pero a Elías le neutralizaron y el cuerpo había volado.

El Maestro respiró profundamente. Lo cierto es que los asuntos de trabajo carecían de importancia en esos momentos. Ahora lo primordial era encontrar al hombre, al niño y a la chica que habían osado interferir en sus negocios.

* * *

El inspector Arriaga hizo pantalla con la mano para protegerse del sol y contempló el cadáver que yacía junto a la vía de servicio de la autopista.

—Lo descubrió hace dos horas un conductor que bajó aquí para echar una meadita —explicó el joven subinspector que se encontraba a su lado—. El forense dice que debe de llevar unas veinte horas muerto. Un disparo en el corazón. En la carretera había seis casquillos del nueve corto. Supongo que se tratará de un ajuste de cuentas entre narcotraficantes.

—¿Iba documentado? —preguntó Arriaga.

—¡Qué va! No llevaba encima ni un sello de correos. Pero ahí, entre la hierba, hemos encontrado dos puñales, y el fiambre tiene una funda de arma blanca bajo la chaqueta y otra en el tobillo. Debía de ser un matón a sueldo.

Arriaga paseó la mirada en derredor. La hierba parecía pisada y arrancada en algunas zonas, como si allí hubiera tenido lugar una pelea. En la carretera, cerca de donde habían aparecido los casquillos de bala, podían verse dos manchones paralelos de goma quemada, como si alguien hubiese hecho patinar las ruedas de su vehículo. Alguien con mucha prisa.

—Disculpe, inspector —terció el joven policía tras un carraspeo—; estamos lejos de su demarcación. ¿Por qué le interesa este crimen? ¿Cree que puede estar relacionado con alguno de sus casos?

Arriaga negó con la cabeza.

—Simple curiosidad —dijo.

Luego, sin despedirse, se dio la vuelta y echó a andar.

Mientras caminaba de regreso a su coche, el policía no dejaba de formularse la misma pregunta que le había planteado su compañero: ¿estaba relacionado ese asesinato con la muerte del mendigo? No había ningún motivo para creer que así fuera, todo parecía indicar que se trataba de dos hechos independientes. Sin embargo, Arriaga ya no sabía qué pensar.

Porque, más allá de eso, había otra pregunta: ¿qué relación podía existir entre el asesinato de Germán López y la desaparición de chicos fugados? Y aún otra pregunta más: ¿realmente había algo extraño en esas desapariciones?

Arriaga había empezado a interesarse por el asunto poco después de que su propio hijo se fuera de casa. Chicos y chicas que dejaban sus familias voluntariamente y se lanzaban al mundo sin más equipaje que un pasado poco grato y un futuro incierto. Algo demasiado corriente como para que la policía le prestara excesiva atención.

Las estadísticas lo corroboraban. Anualmente, una media de setecientos cincuenta menores se fugaban de sus domicilios en la ciudad. El noventa y cinco por ciento de ellos acababa siendo localizado, por lo general al poco tiempo. Pero, ¿y el cinco por ciento restante? Casi cuarenta muchachos desaparecían cada año sin dejar rastro. Cuarenta adolescentes que parecían esfumarse en el aire, como si jamás hubieran existido. ¿Qué era de ellos?

Nadie lo sabía. Sin embargo, examinando las estadísticas, Arriaga había encontrado un enigma aún mayor. Durante los últimos tres años, el número de desaparecidos tendía a incrementarse, no mucho, pero sí lo suficiente como para llamar la atención. Del cinco por ciento había pasado al cinco y medio, y de ahí al seis. Ahora el porcentaje de muchachos desaparecidos se aproximaba al siete por ciento.

¡Oh, sí!, había explicaciones para tal fenómeno. La criminalidad aumentaba, de modo que no era de extrañar que eso afectara también, y con particular virulencia, a los más jóvenes y débiles. Sí, parecía una respuesta razonable. Pero el caso es que ya eran cincuenta los muchachos que, cada año, se esfumaban sin dejar rastro.

El inspector Arriaga abrió la portezuela del coche y se acomodó frente al volante. Estaba nervioso y no sabía por qué. Quizá la anónima llamada de aquel muchacho le había afectado más de lo que él creía. De hecho, a raíz de aquello, había intentado ponerse en contacto telefónico con Laura, la joven que se interesó por la muerte de Germán, pero sólo pudo hablar con su madre. Al parecer la chica se había ido de vacaciones.

El policía suspiró mientras introducía la llave en el contacto. En realidad no creía que la muchacha estuviese implicada en el asunto, aunque algo en su interior le decía que ella no le había contado toda la verdad. Pero ya se ocuparía de eso más adelante.

Arrancó el vehículo y enfiló en dirección a la barriada de El Pozo. Puede que hoy diese con alguna pista que sirviera para aclarar, aunque sólo fuera un poco, aquel misterio. Sacó del bolsillo su teléfono móvil y lo depositó en el asiento contiguo.

Quizá aquel desconocido muchacho volviera a ponerse en contacto con él. Eso sería aún mejor.

* * *

Laura le conoció durante la cena. Era un hombre de pelo negro y rizado, rostro agradable y aspecto juvenil (aunque resultaba difícil atribuirle una edad determinada). Se había sentado a su lado, frente a una de las mesas plegables del comedor de los cenobitas. Al principio no dijo nada y se limitó a dar buena cuenta de las verduras que les habían servido en primer lugar, pero cuando llegó el segundo plato (pescado frito), el desconocido comenzó a fijarse en la forma en que la muchacha manejaba los cubiertos.

—Tú eres distinta —dijo finalmente.

Laura volvió la cabeza, desconcertada.

—¿Perdón?... —musitó.

—Que eres distinta —repitió el hombre con una sonrisa—. Sabes utilizar los cubiertos. Pareces una chica educada.

Laura se encogió de hombros y siguió comiendo. Por el rabillo del ojo observó que el desconocido no tenía el aspecto de los demás vagabundos. Vestía ropas limpias y se comportaba con educación.

—¿Cómo te llamas? —preguntó el hombre.

—Laura —contestó ella, sin apartar la mirada de su comida.

—¿Te has escapado de casa?

La muchacha arrugó el entrecejo.

—Déjeme en paz, por favor —contestó.

—Eres desconfiada —el hombre amplió su sonrisa—. Haces bien, hay gente muy rara por aquí —sacó del bolsillo un bolígrafo y escribió algo sobre una tarjeta de visita—. Pero yo sólo quiero ayudarte —prosiguió, tendiéndole la tarjeta—. Anda, coge esto y no dudes en venir a verme.

Laura vaciló un instante antes de aceptar el rectángulo de cartulina que le ofrecía el desconocido. Finalmente lo cogió y, sin mirarlo, se lo guardó en el bolsillo de la camisa.

—Bueno, Laura, te dejo en paz —dijo el hombre, incorporándose—. No te olvides: si necesitas ayuda, recurre a mí.

Laura observó disimuladamente cómo el desconocido abandonaba el comedor de los cenobitas y, dejando atrás la barriada de chabolas, desaparecía en dirección a la ciudad. Era extraño, pensó la muchacha; ni siquiera se había acabado la cena. Sacó del bolsillo la tarjeta de visita y la examinó con curiosidad. En el centro de la cartulina, impreso con letra inglesa, ponía: «Parroquia de Nuestra Señora del Camino». Más abajo figuraban una dirección y un teléfono. Encima, escrito a mano, aparecía un nombre: «padre Bárcenas».

La muchacha suspiró. Por un momento había pensado que aquel individuo era uno de esos «tipos simpáticos» de los que había hablado Tomás. Un delincuente, un secuestrador.

Pero sólo se trataba de un inofensivo sacerdote.

* * *

Tras abandonar el comedor de los cenobitas, Laura se dirigió a la pensión donde había quedado con Horacio y Tomás. Después de darse una ducha se reunió con ellos y les comunicó la decisión que había tomado:

—Un día más y se acabó. No pienso seguir dando vueltas por las calles. Pasado mañana me vuelvo a casa.

En contra de lo que esperaba, Tomás no intentó disuadirla.

—De acuerdo, pibita —dijo en tono comprensivo—. Ya has hecho mucho. Mañana será el último día y, después, te vuelves con tu vieja.

Horacio, que continuaba imbuido en la personalidad del Samuray, no dijo nada. Poco después, Laura regresó a su habitación, se metió en la cama y apagó la luz. Apenas tardó un minuto en dormirse profundamente. Estaba muy cansada.

Y, además, ignoraba que un hombre de recia complexión y cráneo rasurado, llamado Roco, la había seguido sigilosamente durante todo el trayecto entre el comedor de los cenobitas y la pensión.

* * *

Al día siguiente Laura se despertó tarde. Desayunó en un bar e inició de nuevo su periplo por los barrios y los núcleos de chabolistas del extrarradio. De cuando en cuando podía ver a Tomás y a Horacio, vigilándola a lo lejos.

Igual que el día anterior, almorzó en el comedor de la Hermandad del Cenobio. Potaje y carne asada. Al terminar la comida se dirigió hacia una pequeña plaza situada a no mucha distancia y buscó acomodo en un banco, dispuesta a descansar un rato. Poco a poco, arrullada por el canto de las aves y suavemente adormecida por los cálidos rayos del Sol, fue sumiéndose en un dulce sopor. Y, sin darse cuenta, se quedó dormida.

—Hola, Laura —dijo una voz.

La muchacha se despertó, sobresaltada, y contempló el rostro de quien había hablado. Era el hombre que conoció la noche anterior, el sacerdote llamado Bárcenas, sólo que ahora vestía de negro y llevaba un alzacuellos.

—Ah, es usted... —Laura respiró aliviada.

—Te he asustado, perdona. ¿Puedo sentarme un rato contigo?

—Claro —la muchacha apartó los pies del banco y

consultó su reloj—. ¡Caray!, llevo más de dos horas dormida.

—Anoche parecías muy cansada —comentó el cura, sentándose a su lado.

—Sí, bueno... Por cierto, padre, siento haber sido tan brusca, pero no sabía que era usted un sacerdote.

—Hiciste lo que debías —el hombre sonrió bonachonamente—. El mal anda suelto y una chica joven y guapa como tú debe tomar precauciones. Además, ¿cómo ibas a esperar encontrarte con un cura católico en el comedor de una secta? —rió alegremente—. ¡Estaba espiando a la competencia! —exclamó—. No, lo digo en broma. Lo que pasa es que esos cenobitas me intrigan. A veces me dejo caer por sus tenderetes y paso un rato con ellos. En fin, no comparto sus creencias, por supuesto, pero no cabe duda de que actúan con gran sentido de la caridad.

—Además guisan bien.

El sacerdote rió de nuevo.

—Sí, son buenos cocineros —aceptó.

Permaneció unos instantes en silencio y luego prosiguió en tono más serio:

—Laura, estoy un poco preocupado por ti, ¿sabes? Creo que una chica como tú no está segura viviendo por las calles. Mira, no quiero entrometerme, pero me gustaría que me contaras por qué te has ido de casa.

Al principio, Laura se mostró reticente a hablar, pero luego, como a regañadientes, contó la historia que había convenido con Tomás. Era una mentira sencilla: su madre se había casado en segundas nupcias y, de un año a esa parte, su padrastro se dedicaba a hacerle a Laura insinuaciones desagradables. Todo un melodrama.

—Es increíble que pueda haber hombres tan desalmados —comentó el sacerdote con una expresión consternada en el rostro.

Laura se sonrojó, avergonzada por tener que mentirle a un hombre tan amable.

—No es culpa tuya —dijo el sacerdote, interpretando erróneamente el rubor de la muchacha—. ¿Tienes un sitio donde dormir?

—No...

—¿Y dinero?

—Tampoco.

El hombre reflexionó unos instantes.

—Hay unos jóvenes durmiendo en la casa parroquial —dijo pensativo—, así que no podremos acogerte. Sin embargo, conozco un convento de redentoristas donde podrás pasar la noche.

—No se moleste, padre...

—No es molestia —el sacerdote se incorporó—. En cuanto a lo del dinero, hay un modo de conseguirlo, haciendo, al tiempo, una buena obra. Anda, acompáñame.

Laura se puso en pie, desconcertada.

—¿A dónde, padre?

—A una clínica. Te lo contaré por el camino.

—Pe-pero, padre Bárcenas... —protestó la muchacha.

El hombre se cruzó de brazos.

—¿Todavía desconfiando? —preguntó—. Vamos,

somos amigos, ¿no? Y déjate de tanto «padre» por aquí y «padre» por allá —sonrió—. Llámame por mi nombre: Martín.

* * *

Pese a que aún no había oscurecido, el aparcamiento de la enorme discoteca estaba lleno de coches. Un amortiguado estruendo de música *tecno* se filtraba a través de las puertas del local, mezclándose con el rumor del tráfico que circulaba por la cercana carretera.

Tomás y Horacio se adentraron en el solitario aparcamiento y comenzaron a recorrer furtivamente las largas filas de vehículos estacionados.

—No lo entiendo —dijo Horacio, sin alterar su hierático rostro de guerrero japonés—. ¿Por qué hemos dejado sola a la joven mujer?

—La pibita estará bien, no te comas el coco —Tomás se encogió levemente de hombros—. Al menos, hasta el anochecer.

Se detuvo al lado de una motocicleta de gran cilindrada y la examinó concienzudamente.

—Creo que ésta valdrá —murmuró.

—¿Qué es? —preguntó Horacio, contemplando el vehículo con abierta desconfianza.

—Una moto, colega. Una especie de caballo de metal.

Tomás se arrodilló y comenzó a manipular la cadena que mantenía bloqueada una de las ruedas del vehículo. A los pocos segundos el candado cayó abierto al suelo.

—Estás robando ese artefacto —señaló Horacio en tono reprobatorio.

—No, tío, es un préstamo.

El muchacho cogió una piedra del suelo y rompió con ella el faro y el piloto trasero de la motocicleta.

—¿Hay que golpearla para que funcione? —preguntó Horacio.

—¡Qué va, hombre! Es que no quiero luces.

Tomás subió a la moto y retiró la pata de cabra. Tenía que ponerse de puntillas para que los pies le llegaran al suelo. Se inclinó sobre el manillar, arrancó un manojo de cables e hizo un puente. El vehículo se puso en marcha con gran estruendo. Horacio retrocedió, alarmado.

—Vamos, sube —le invitó Tomás.

Horacio sacudió la cabeza.

—Magia —dijo—. Me quedo aquí.

El muchacho arqueó las cejas y suspiró. Luego señaló el depósito de la moto, allí donde unas letras en relieve rezaban: «SUZUKI».

—Este cacharro es japonés, colega. Y si es japonés, no puede ser malo, ¿verdad?

El Samuray parpadeó, un tanto desconcertado, sin encontrar razones con las que rebatir aquel argumento. Finalmente, y con muchas reticencias, se acomodó detrás del muchacho, pero no pudo reprimir un aullido de terror cuando la potente motocicleta hizo un caballito y salió disparada a toda velocidad.

* * *

Laura no podía apartar los ojos del papel impreso por ordenador que acababa de entregarle una enfermera. Era igual, pensó. Idéntico.

De pronto, comenzó a sentir miedo.

—¿Sucede algo, Laura? —preguntó Martín—. La enfermera ha dicho que los resultados de tu análisis son excelentes. Estás sana como una manzana.

La muchacha tragó saliva e intentó sonreír.

—Es que no me gustan las agujas, padre —dijo—. Estoy un poco mareada.

—Es normal. Ahora tienes menos sangre que antes. Pero piensa que esa sangre servirá para salvar una vida. Y, además, te han dado un buen dinero por ella. Tienes un grupo sanguíneo muy poco frecuente.

—AB negativo —asintió Laura, nerviosa—. Ya me habían dicho que era raro.

Martín sonrió paternalmente y la cogió por un brazo.

—Estás muy pálida. Vámonos fuera para que te dé el aire.

Cruzaron los blancos pasillos de la clínica y salieron al exterior. Laura se detuvo un momento en la entrada y contempló la puesta de Sol mientras el fresco aire del atardecer le acariciaba el rostro.

Habían tenido que esperar más de dos horas en la clínica para que los atendieran, pero finalmente, cuando los médicos descubrieron lo inusual que era el grupo sanguíneo de Laura, todo fueron atenciones. La llevaron a una sala, la tumbaron en una camilla, le clavaron una aguja y así fue cómo se desprendió de cuatrocientos centímetros cúbicos de sangre.

Por último, le pagaron y, junto con el dinero, le entregaron un completo análisis sanguíneo. Entonces fue cuando Laura se asustó. Porque aquella hoja de impresora era casi idéntica a la analítica que Tomás descubrió entre las pertenencias del viejo Germán. Y Laura no sabía qué podía significar eso, pero estaba segura de que nada bueno.

—Está oscureciendo —dijo Martín—. Será mejor que nos vayamos.

—¿A dónde? —preguntó la muchacha, como saliendo de un trance.

—A ese convento del que te hablé.

—No hace falta, padre. Ahora puedo pagarme una pensión.

Martín sonrió y, tomándola de nuevo por el brazo, echó a andar hacia la calle.

—Guárdate ese dinero, que falta te hará —dijo en tono campechano—. Ya verás lo simpáticas que son esas monjitas. Además, las redentoristas cocinan por lo menos tan bien como los cenobitas.

La clínica se encontraba en las afueras de la ciudad, hacia el nordeste. Martín guió a la reticente muchacha a través de las calles, en dirección a la autopista; luego, cuando dejaron atrás las últimas zonas urbanizadas, se desviaron por un sendero que cruzaba un bosquecillo de pinos.

—¿A dónde vamos? —preguntó Laura, cada vez más alarmada.

—Es un atajo para ir a la parada del autobús. Tranquila, conozco bien este lugar.

Sin dejar de caminar, la muchacha miró en derredor. Hacía mucho rato que no veía a Horacio y Tomás.

¿Dónde demonios podían estar? Tragó saliva y contempló de soslayo a Martín. ¿Ese hombre era de verdad un sacerdote? Cada vez lo dudaba más. Allí estaba pasando algo muy raro.

De pronto se le ocurrió una idea.

—¿Sabe una cosa, padre? —comentó, intentando disimular su nerviosismo—. He estado pensando sobre todo lo que me ha pasado y, sabe, creo que Pablo de Tarso tenía mucha razón cuando decía: *«Omnes homines qui de rebus dubiis consultant, ab odio, amicitia, ira atque misericordia vacuos esse decet».*

—Es cierto —asintió Martín con una afable sonrisa—. Las epístolas de Pablo son una fuente inagotable de sabiduría.

Un montón de pilotos rojos se encendieron en la mente de Laura. Aquel latinajo que acababa de soltar, y que se le había quedado grabado en la cabeza a raíz de un examen, no pertenecía a ninguna epístola de san Pablo, sino a un discurso de Julio César. Aquello quería decir que el hombre que caminaba a su lado no tenía ni idea de latín.

Y, por tanto, no era un sacerdote.

—¿Te encuentras bien? —preguntó Martín—. Estás muy pálida.

Laura tragó saliva un par de veces. Contuvo el aliento.

Y, de pronto, echó a correr hacia el bosque, alejándose de aquel extraño que fingía ser lo que en realidad no era. Martín no intentó seguirla. Se limitó a gritar:

—¡Ten cuidado, muchacha; puedes hacerte daño!

Laura ni siquiera le oyó. Sólo pensaba en correr, lo más rápido posible, esquivando los árboles que se interponían en su camino y que ella apenas lograba vislumbrar en la cada vez más densa oscuridad. ¿Dónde estaban Horacio y Tomás ahora que tanto los necesitaba?

Muerta de miedo, prosiguió su ciega carrera, siempre hacia delante, huyendo sin saber a dónde. Al poco rato, el aliento comenzó a silbar en su garganta y, como una aguja candente, un intenso dolor se clavó en su costado, pero no se atrevió a aminorar la marcha, ni siquiera osó volver la cabeza atrás por miedo a encontrarse con el falso sacerdote pegado a sus talones. Seguir corriendo, eso era lo único importante. Huir.

Entonces, inesperadamente, un hombre con el cráneo rasurado surgió de entre las sombras y la agarró por la cintura. Laura gritó y el desconocido le tapó la boca con la mano, tan fuertemente que le robó el aire. La muchacha se debatió, aterrorizada, pero era inútil. Los músculos de aquel hombre parecían gruesos cables de acero; luchar contra él resultaba una tarea tan imposible como pretender parar un *bulldozer* con la mano.

Los segundos transcurrieron con terrible lentitud. El desconocido no hizo ni dijo nada, limitándose a permanecer allí, inmóvil, aferrando entre sus desmesurados brazos a la muchacha.

De pronto, Martín surgió de la penumbra, andando lentamente, con tranquilidad, como si estuviera enfrascado en un inocente paseo. En la mano dere-

cha sostenía una hipodérmica.

El corazón de Laura se aceleró como un reloj al que se le salta la cuerda. Comenzó a debatirse de nuevo, enloquecida de terror. Martín se detuvo frente a ella y le dedicó una burlona sonrisa.

—Estás muy cansada, Laura —dijo—. Tienes que dormir —agregó mientras clavaba la aguja de la jeringuilla en la piel de la muchacha y apretaba el émbolo—. Y soñar con los angelitos —susurró finalmente.

El mundo comenzó a dar vueltas en torno a Laura. Su mente se disgregó, fragmentándose en retazos de pensamiento, en ideas nebulosas que corrían a precipitarse por el sumidero de la consciencia.

Y todo se volvió oscuro.

* * *

Roco cargó con el exánime cuerpo de Laura hasta llegar a la negra furgoneta, que permanecía aparcada a la orilla de una vía de servicio. Introdujo a la muchacha en el compartimiento de carga, cerró las puertas y se volvió hacia Martín con una muda pregunta brillándole en los ojos.

—Qué incómodo es esto —comentó el falso sacerdote mientras se arrancaba el alzacuellos—. Bueno, ya tenemos lo que queríamos. Esta vez no iremos a un punto de reunión. Nos dirigiremos a la mansión del Maestro. Ésta es una entrega importante.

Roco asintió y ambos subieron a la furgoneta. El vehículo arrancó suavemente y se incorporó al tráfico de la autopista. Poco después tomaron el ramal que conducía a las montañas.

Ninguno de los dos se dio cuenta de que una motocicleta sin luces los seguía desde una prudente distancia.

Ninguna sensación, ningún pensamiento, acompañó a mi cuerpo mientras aquellos dos desconocidos me conducían a un destino incierto.

Era la nada, el vacío absoluto, la negación del ser. No hubo sueños, sólo negrura. No hubo ni tiempo, ni espacio, ni movimiento. A todos los efectos, yo había dejado de existir. Era como estar muerta.

Pero no se trataba de la muerte, sino de su antesala.

Capítulo nueve

Era noche cerrada cuando la furgoneta alcanzó las montañas situadas al norte de la ciudad. Poco después de iniciar la subida a un puerto, el vehículo se desvió por una carretera secundaria y, unos kilómetros más allá, volvió a desviarse, esta vez por un camino de tierra que se internaba en un bosque de coníferas.

Veinte minutos más tarde, la furgoneta llegó a la entrada de una inmensa finca cuyo perímetro estaba delimitado por una valla de tela metálica. Un cartel anunciaba:

«PICO DEL ÁNGEL.
PROPIEDAD PARTICULAR. PROHIBIDO EL PASO»

Un vigilante saludó con respeto a Martín y a Roco, y abrió diligentemente el portalón de entrada.

La furgoneta se puso de nuevo en marcha y comenzó a remontar el camino que conducía a la cumbre de un negro picacho. Allí, en la cima de la roca, se alzaba un oscuro palacete neogótico. Abajo, tenuemente iluminadas por el vago resplandor de las estrellas, las aguas de un lago ondulaban mansamente.

El vigilante cerró el portalón y contempló distraído cómo la furgoneta llegaba a la mansión y desaparecía en el interior del garaje.

Apenas quinientos metros más allá, una motocicleta sin luces se detuvo. Dos figuras saltaron a tierra y se encaminaron sigilosamente hacia la valla metálica. Ocultos tras unos arbustos, observaron el ir y venir de los guardianes armados que recorrían atentos el perímetro de la finca.

Cuando llegó el momento oportuno, uno de los intrusos abandonó su escondite, se aproximó a la valla, empuñó una espada japonesa y, con un fulgurante movimiento de la hoja, rasgó la tela metálica de arriba abajo y dejó expedito el paso.

* * *

Vargas, el viejísimo multimillonario que no quería morir, nunca abandonaba su lujosa mansión. Al menos, no lo hacía desde que la decadencia y la enfermedad anclaron su decrépito cuerpo a una cama, a un lecho dorado del que ya ni siquiera podía levantarse por sus propias fuerzas.

Sin embargo, aquella noche Vargas salió de casa. No lo hizo él solo, por supuesto; bajo la vigilancia de dos guardaespaldas, los enfermeros que estaban a su servicio le transportaron en camilla a su ambulancia particular, y un equipo de médicos supervisó en todo momento su estado.

Mientras la ambulancia (en realidad una UVI móvil) recorría el camino de tierra que cruzaba el bosque en dirección al Pico del Ángel, la enfermera de rubios cabellos y bello rostro permanecía atenta a los monitores que mostraban las constantes vitales de su patrón.

—Ya estamos llegando, señor —dijo la mujer, inclinándose sobre el frágil cuerpo del anciano con una impersonal sonrisa.

Vargas torció la cabeza y miró a través de la ventanilla. Y, allí, en medio de la noche, pudo ver la extraña mansión que, como un animal de piedra acechando en la oscuridad, se encaramaba a la cima de un picacho.

La casa del Maestro.

¡Oh, con cuánta ansiedad había esperado Vargas ese momento, el momento de la regeneración, de la vida, del triunfo sobre la pálida segadora! Y cómo había desesperado pensando que tal momento no llegaría nunca, que el cuerpo tan anhelado jamás aparecería.

Su sangre, ésa era la culpable, pensó Vargas. Aquella maldita sangre suya, tan rara, tan infrecuente. AB Rh negativo, así se llamaba su maldición.

Pero ahora, finalmente, todo se había solucionado. Y allí, en aquella casa colgada sobre un lago, aguardaba el cuerpo de una muchacha, una joven llena de salud y energía que, como un cofre repleto de tesoros, iba a regalarle el preciado don de la vida.

El anciano suspiró débilmente, experimentando una sensación casi erótica al imaginar lo que iba a suceder durante las próximas horas. Regeneración, eso lo resumía todo.

Sonrió.
Él era Vargas y jamás moriría.

* * *

Diez guardianes vigilaban el Pico del Ángel, recorriendo el perímetro de la valla a tramos regulares, igual que aves de presa, con los dedos tensos sobre los gatillos de las armas.

Ahora sólo quedaban siete. Los tres restantes se encontraban inconscientes, atados y amordazados, ocultos entre los arbustos. Nunca sabrían qué les había ocurrido, todo sucedió demasiado deprisa. Una sombra se había abatido sobre ellos, como un ángel vengador, noqueándolos en una fracción de segundo sin más armas que sus manos.

De modo que ahora había una amplia zona sin vigilancia justo detrás de la mansión neogótica.

Amparándose en las sombras, dos figuras trepaban en aquel momento por las laderas del risco: un adulto y un muchacho. Cuando llegaron a la cima, se detuvieron un instante junto a un enorme contenedor de gas propano; luego, el muchacho forzó una de las ventanas traseras de la casa y ambos se deslizaron por ella hacia el sótano del edificio.

* * *

Laura recuperó el conocimiento en una habitación refulgentemente blanca. Lo primero que vio al abrir los ojos fueron las filas de tubos de neón que se alineaban en el techo; luego intentó incorporarse, pero no pudo. Estaba desnuda, tumbada sobre una camilla con ruedas, firmemente amarrada a ella por anchas bandas de cuero que le cruzaban el cuerpo impidiéndole moverse.

La muchacha tardó unos segundos en recordar lo que había ocurrido: el falso sacerdote, la carrera por el bosque, el hombre calvo, la inyección y, finalmente, la nada. Entonces se asustó mucho, muchísimo, y comenzó a gritar. Y pidió auxilio, y suplicó ayuda, y lloró y gimió desconsoladamente, pero nadie vino a socorrerla. Al cabo de un rato sus gritos cesaron. Era inútil. Estaba sola y perdida.

Cerró los ojos y las lágrimas fluyeron, ahora en silencio.

Fue entonces cuando se abrió la puerta y entró en la habitación un hombre alto, de movimientos elegantes, vestido con una larga bata blanca. Llevaba un maletín en una mano y su hermoso rostro mostraba una expresión serena y amistosa.

—¿Estás despierta? —preguntó con voz aterciopelada.

Laura abrió los ojos.

—¡Ayúdeme, por favor! —imploró—. Me han secuestrado...

El hombre se echó a reír.

—¡Ay, querida niña!, no puedo ayudarte. Me temo que yo soy el instigador de tu secuestro.

La muchacha palideció.

—¿Quién es usted?

El hombre dejó el maletín a los pies de la camilla.

—Tengo muchos nombres —dijo—, pero puedes llamarme Maestro.

—El jefe de la Hermandad del Cenobio... —musitó Laura, cada vez más asustada.

—Ese mismo. Pobres infelices, ¿verdad? Me refiero a los cenobitas. Son tan infantiles —sonrió displicentemente—. Y, al mismo tiempo, tan útiles.

Laura intentó tragar saliva, pero tenía la boca seca.

—¿Qué quiere de mí? —preguntó con un hilo de voz.

—Oh, poca cosa. Tan sólo tu corazón, tu hígado y tus riñones —una chispa de ironía destelló en sus ojos—. Ah, no pongas esa cara, niña. Mira, por lo general ninguno de los cuerpos que entra aquí llega a recuperar el conocimiento. Pero en tu caso hemos hecho una excepción, porque tengo algo que preguntarte, debemos hablar, ¿entiendes? De modo que te pondré al corriente de la situación. Es lo menos que puedo hacer por ti, ¿no te parece?

El Maestro abrió el maletín y permaneció unos instantes contemplando su interior.

—¿Tú sabes lo largas que son las listas de espera para conseguir un trasplante? —preguntó de repente—. No te lo puedes ni imaginar. Además, todo depende de la suerte. ¿Cuánto tardará en aparecer el órgano con las características adecuadas? Ah, quién sabe. Es como jugar a la ruleta, sólo que, si no aciertas, te mueres —suspiró—. Pero hay otro problema. La ciencia médica pretende ser democrática e igualitaria. No hace distingos entre los diversos pacientes. Da igual que seas rico o pobre, inteligente o estúpido. Tendrás tu trasplante cuando te llegue el turno, si es que llega, dependiendo sólo de la gravedad de tu estado. Pero yo no estoy de acuerdo con esa política. No todas las personas somos iguales, eso es una bobada. Hay gente que destaca sobre los demás, hombres que acumulan mayor riqueza y poder porque son superiores a los otros. Pues bien, yo creo que son esas personas las que deben tener primacía sobre el resto de los mortales. Esto es una selva, querida, y aquí rige la ley del más fuerte, por mucho que las ingenuas democracias se empeñen en afirmar lo contrario —sonrió como un paternal profesor en medio de una clase magistral—. Bien, imagínate que un hombre rico y poderoso necesita un trasplante. Puede hacer dos cosas: ponerse a la cola y confiar en que haya suerte..., o establecer contacto con mi organización. Si opta por esto último, y mediado el pago de una cuantiosa, aunque justa, suma, nosotros nos ocuparemos de conseguirle el cuerpo adecuado, un cuerpo joven y sano del cual podrá obtener todos los órganos que precise. Y, por supuesto, llevaremos a cabo el trasplante con todas las garantías de la más avanzada técnica quirúrgica.

A Laura le costaba entender las palabras del Maestro. Estaba aturdida, desconcertada, y el miedo, un terror primitivo, radical, absoluto, clavaba sus heladas garras en ella impidiéndole pensar correctamente.

—¿Quiere decir... —balbuceó— que raptan jóvenes para..., para robarles sus vísceras?

El Maestro rió de nuevo.

—Quizá lo hayas expuesto con excesiva crudeza, pero sí, en esencia lo has comprendido —respiró profundamente—. Ahora, déjame contarte algo más. Teníamos un problema. Uno de nuestros clientes, un anciano multimillonario, precisa un trasplante múltiple. Por desgracia, su grupo sanguíneo, un factor vital a la hora de realizar una intervención de esas características, es extremadamente inusual. AB Rh negativo. Sinceramente, nos ha costado mucho encontrar el donante adecuado. Eres un regalo caído del cielo, muchacha.

El corazón de Laura se aceleró como un caballo desbocado. AB negativo, ése era su grupo sanguíneo.

—¿Me van a matar para..., para quitarme los órganos? —boqueó un par de veces—. ¡Está loco! —gritó—. ¡Es un monstruo!

—Si supieras la cantidad de dinero que estoy ganando, no me llamarías loco —el Maestro se encogió levemente de hombros—. En cuanto a lo de «monstruo», bueno, supongo que depende del punto de vista. Pero dejemos eso a un lado. Hay algo que me preocupa, muchacha, y ésa es la razón de que esté aquí, hablando contigo.

Sacó del maletín una hipodérmica de cristal e introdujo la aguja en una pequeña ampolla que contenía un líquido transparente. Mientras llenaba la jeringuilla, prosiguió:

—Tienes dos amigos que me han causado algún que otro problema. Ignoro qué os traéis entre manos, así que me lo vas a contar ahora mismo. ¿Has oído hablar del pentotal sódico, el suero de la verdad? Pues la droga que te voy a inyectar ahora es mil veces más potente.

El Maestro se aproximó sonriente a Laura. Ésta intentó debatirse, oponer resistencia, pero las bandas de cuero que ceñían su cuerpo se lo impidieron. De mo-

do que la aguja hipodérmica se clavó en la carne y derramó su químico contenido en el riego sanguíneo de la muchacha.

—¿Tienes miedo, niña? —preguntó el hombre mientras guardaba la jeringuilla—. Mejor. La adrenalina acelerará el corazón y la droga se extenderá antes por tu cuerpo.

Laura jadeó. Temblaba. Hizo esfuerzos por controlarse, por luchar contra la droga que invadía su organismo, pero ésa era una tarea imposible. Notó que un intenso sopor se adueñaba poco a poco de ella y la dejaba sin fuerzas, inerme. Comenzó a experimentar alteraciones en la vista: las imágenes parecían deformarse, ondular, y la luz de los fluorescentes se había transformado en un deslumbrante fulgor. Luego llegaron las alucinaciones auditivas: sonidos húmedos, burbujeantes, zumbidos, rumor de voces, pitidos, una música extraña y lejana.

El Maestro se aproximó a la muchacha y fijó en ella una mirada intensa, magnética, abrumadora.

—Vamos a hablar de tus amigos, querida —dijo con suavidad—. Un niño y un adulto. ¿Quiénes son?

Una ínfima parte de la mente de Laura intentó rebelarse, no contestar. Pero aquella droga le había robado todo rastro de voluntad.

—El muchacho se llama Tomás —dijo débilmente—. Y el hombre, Horacio...

El Maestro asintió, satisfecho.

—Muy bien. Ahora dime qué pintáis Tomás, Horacio y tú en este asunto. Cuéntamelo todo, querida niña.

Y Laura, incapaz de desobedecer, se lo contó todo, absolutamente todo, sin omitir detalle.

—De modo que un golfillo y un perturbado están investigando la muerte de un viejo vagabundo —dijo el Maestro, pensativo, cuando la muchacha hubo concluido su relato—. Qué historia tan curiosa, ¿verdad? Y cuéntame, ¿dónde están ahora Tomás y Horacio?

—No lo sé...

—Ya veo. Una cosa más: ¿habéis hablado con la policía?

—Me interrogó un inspector... hace unos días..., pero no le dije nada...

—Porque nada sabías, claro.

El Maestro desvió la mirada y adoptó una expresión ausente. En ese momento sonaron un par de golpes en la puerta y un hombre vestido de verde entró en la habitación.

—Vargas ha llegado, señor —dijo.

—De acuerdo. Yo ya he terminado con la chica —el Maestro se puso en pie y recogió su maletín—. Podéis prepararla para la intervención —agregó.

Y sin dirigir siquiera una última mirada a Laura, salió de la estancia.

* * *

La espesa oscuridad que inundaba el sótano de la mansión apenas era mitigada por el débil brillo de las lámparas de seguridad. Tomás examinó el cajetín de fusibles que estaba adosado a una pared y luego le echó un vistazo al generador auxiliar situado en un extremo del recinto, junto a varios bidones de gasolina. Giró la cabeza y contempló los grandes cilindros metálicos que, puestos en vertical, estaban conectados a un sistema de tuberías. Eran bombonas de oxígeno y había muchas.

—¿Y ahora qué? —preguntó en voz baja Horacio.

El muchacho tardó unos segundos en contestar.

—Fuera hay un tanque de propano, ¿te has fijado?

—¿Qué es «propano»?

—No importa, colega. Fuera hay gas y, aquí dentro, oxígeno y gasolina. Creo que eso puede bastar. Aunque antes tendremos que montar algo de follón.

Los ojos del Samuray se entrecerraron hasta convertirse en dos rendijas.

—No te entiendo —dijo.

Tomás sonrió con desenfado.

—*Tranqui,* te lo contaré todo por el camino —echó a andar hacia la puerta—. Ahora, ayúdame a buscar un teléfono —agregó—. Tengo que llamar a un amiguete.

Horacio enarcó una ceja.

—¿Qué es un «teléfono»? —preguntó.

* * *

Dos enfermeros de rostro inexpresivo transportaron la camilla donde yacía Laura a través de un largo pasillo blanco y la introdujeron en una habitación llena de instrumental clínico, bajo la luz de unos intensos focos.

Aquel lugar era un quirófano. Laura se daba cuenta de ello vagamente, pero no podía reaccionar; la droga le impedía centrar la atención, pensar correctamente.

Entraron dos enfermeras vestidas de verde, con los rostros cubiertos por mascarillas, y comenzaron a desplegar gran cantidad de instrumentos quirúrgicos sobre unas bandejas de acero inoxidable: bisturíes, escalpelos, pinzas, fórceps, cauterios, sierras... Ambas mujeres se afanaban en su labor con precisión mecánica, ignorando por completo a la muchacha que gemía y se agitaba a su lado.

Escasos minutos después, tres hombres hicieron acto de presencia en el quirófano. Todos ellos llevaban batas y gorras verdes, mascarillas y guantes de goma ceñidos a sus manos. La expresión de sus miradas era fría, distante, ausente, como si carecieran de emociones. Al verlos, Laura comenzó a debatirse con algo más de vigor.

—No... —protestó con voz ahogada—. No, por favor...

—La donante está despierta —observó uno de los cirujanos—. Eso es muy inusual.

—Órdenes del Maestro —contestaron ambas enfermeras a la vez.

Aquella respuesta pareció disipar cualquier duda. El anestesista comenzó a preparar maquinalmente una inyección, al tiempo que las enfermeras fijaban diversos electrodos sobre la piel de la muchacha.

Laura gimió y protestó. Dos lágrimas se desprendieron de sus enrojecidos ojos. El anestesista se aproximó a ella sosteniendo una hipodérmica. Buscó, con fría profesionalidad, una vena en el brazo de la muchacha, aproximó la aguja...

Y, entonces, se fue la luz.

* * *

El inspector Arriaga colgó el auricular del teléfono y permaneció unos segundos sentado en la cama, todavía somnoliento, contemplando aturdido la lamparilla que lucía sobre la mesilla de noche.

—Son casi las dos —dijo su mujer con voz adormilada—. ¿Quién era?

—De la oficina —contestó el policía.

Era mentira, pero, ¿qué podía decirle? ¿Que se trataba de un niño desconocido? ¿Que ese niño anónimo, unos días antes, le había telefoneado, dándole a entender que sabía dónde se encontraba su hijo? ¿Y que, ahora, ese mismo niño le despertaba de madrugada para decirle que fuese inmediatamente a cierto lugar de las montañas? No, no podía contarle eso a su esposa. Sonaba demasiado absurdo.

Y, sin embargo, Arriaga ni remotamente se planteó ignorar aquella llamada.

—¿Tienes que salir? —preguntó la mujer.

—Sí —el policía se incorporó y comenzó a despojarse del pijama—. Tú duérmete. Volveré tarde.

* * *

Las luces de emergencia se encendieron tras un breve parpadeo, iluminando tenuemente el interior del quirófano. Cirujanos y enfermeras se miraron entre sí con desconcierto.

—Se ha ido la luz —comentó, tontamente, el anestesista.

—Pronto arreglarán la avería —señaló una enfermera.

Laura dejó de agitarse. Más allá de los efectos de la droga, por detrás del velo que nublaba sus sentidos, notaba algo extraño. Era una intuición, un vago presagio.

De repente, sonaron gritos al otro lado de la puerta del quirófano, ruidos secos, carreras, golpes.

—¡Son ellos!... —rió Laura débilmente—. ¡Están aquí!...

Las batas verdes se removieron, nerviosas.

Entonces, en medio de un sonoro crujido, la puerta se abrió con inusitada violencia y uno de los enfermeros rodó por el suelo del quirófano hasta detenerse, inconsciente, a los pies del equipo médico.

Durante unos segundos nada más sucedió.

Luego cruzó la puerta un hombre cubierto con una vieja gabardina. Detrás de él entró un muchacho, los ojos parapetados tras unas negras gafas de sol.

—¿Cómo va eso, colegas? —les saludó Tomás alegremente.

El cirujano jefe avanzó un paso.

—¿Quiénes son ustedes? —preguntó—. No pueden entrar aquí. Váyanse ahora mismo.

—Ahora nos abrimos, tío —asintió el muchacho—. En cuanto nos llevemos a esa periquita que está ahí tumbada.

Los médicos se miraron entre sí con desconcierto.

—El servicio de seguridad vendrá en seguida —dijo uno.

—Ya deberían estar aquí —apuntó otro.

—Sí, es extraño... —añadió el tercero.

—Los gorilas que montaban guardia ahí fuera —intervino Tomás, como de pasada— están ahora soñando con los angelitos. Anda, sed buenos y largaos echando mixtos de aquí.

Los médicos volvieron a intercambiar miradas de extrañeza.

—Ellos son dos —señaló el cirujano jefe— y nosotros, cinco.

Como si aquellas palabras marcaran el comienzo de las hostilidades, los tres médicos se armaron de afilados bisturíes y comenzaron a aproximarse, con evidentes malas intenciones, a los intrusos recién llegados. Tomás suspiró.

—Qué mal rollo, tíos —dijo y, volviéndose hacia Horacio, añadió—: Enséñales lo que sabes hacer, Samuray.

Las manos del hombre se deslizaron por debajo de la gabardina, para reaparecer acto seguido empuñando una espada japonesa. Horacio lanzó un grito seco, se produjo un fugaz relampagueo y la hoja de la *katana* partió por la mitad un robusto bloque de instrumentos electrónicos. Los tres médicos se detuvieron al instante. En sus frías miradas había ahora destellos de alarma y temor.

Horacio gritó de nuevo y la hoja de acero hendió el aire y partió en dos el soporte de un gota a gota. Otro centelleo y la mesita metálica donde descansaba el instrumental se quebró como si fuera de papel.

Las enfermeras gritaron de terror, los cirujanos palidecieron y soltaron los bisturíes; luego, tras una brevísima pausa, todos echaron a correr hacia la salida, abandonando en tropel el quirófano. Tomás profirió una carcajada.

—¡Bien hecho, Samuray! —exclamó y en el acto se aproximó a la camilla donde estaba Laura—. ¿Cómo va eso, pibita? —preguntó.

—Tomás... —musitó la muchacha muy despacio, como si a duras penas lograra mantenerse despierta—. ¿Dónde... estabas?... Me... me querían... matar...

—*Tranqui,* coleguita, no hables. Te han drogado, ¿verdad? —Tomás comenzó a desabrochar las correas de cuero que aprisionaban el cuerpo de Laura—. Ya se acabó todo. Te quito esto y nos abrimos.

Entonces, el estridente aullido de una sirena comenzó a resonar a lo lejos.

—¿Qué es eso? —preguntó Horacio.

—Una mala noticia —respondió Tomás—. Los matasanos han dado la voz de alarma —dejó de desabrochar las correas—. Hay que pirarse de aquí a toda pastilla. Yo me encargo de la camilla y tú abres paso, ¿vale?

Tal y como había propuesto el muchacho, abandonaron velozmente el quirófano. Horacio marchaba delante, blandiendo la *katana,* y Tomás iba tras él, empujando la camilla donde yacía Laura. Se encontraban en la tercera planta del edificio, de modo que cruzaron a la carrera los blancos y solitarios pasillos en dirección a las escaleras.

Pero, al doblar una esquina, se toparon con el primer obstáculo: un guardia armado corría hacia ellos empuñando una pistola. Al verlos, el hombre se detuvo en seco, apuntó a Horacio y vació el cargador contra él.

La hoja de la *katana* se convirtió en un borroso parpadeo, zigzagueando en el aire como un acerado arco voltaico. Los chasquidos de las balas al rebotar contra la hoja parecieron puntuar el estampido de los disparos.

El guardia abrió la boca, asombrado, incapaz de asimilar el prodigio que acababa de tener lugar ante sus ojos. La reacción de Horacio fue instantánea: cogió un cenicero metálico que descansaba a su lado, sobre una mesita, y lo arrojó hacia el estupefacto hombre. El cenicero percutió secamente contra la cabeza del guardia, que se derrumbó inconsciente sobre el suelo.

Un alboroto de voces y pasos les llegó entonces desde el hueco de las escaleras. Al cortarse la corriente, los ascensores habían quedado fuera de servicio, de modo que todos los miembros del cuerpo de seguridad de la mansión estaban remontando ahora los escalones que conducían al tercer piso.

—Por ahí no, colega —dijo Tomás—. Son demasiados.

El muchacho torció a la izquierda y, seguido por Horacio, empujó la camilla a lo largo de un oscuro corredor. Apenas habían recorrido quince metros, cuando descubrieron que el pasillo desembocaba en una puerta cerrada, sin que hubiera a la vista ninguna otra vía de escape. Se detuvieron. El ruido de pasos sonaba cada vez más próximo.

—Tenemos que entrar ahí —dijo Horacio.

Acto seguido, abrió la puerta y, tras permitir que Tomás cruzara el umbral con la camilla, se introdujo él mismo en la habitación que había al otro lado. Cerró velozmente la puerta y aguardó unos instantes en silencio. El sonido de los pasos creció y luego comenzó a alejarse. Los guardias habían pasado de largo.

Horacio examinó entonces el lugar donde se encontraban. Era un despacho grande y blanco, escasamente amueblado. Al fondo, un enorme ventanal acristalado se abría sobre un oscuro abismo que, veinte metros más abajo, desembocaba en las mansas aguas del lago. La habitación estaba en tinieblas. Tomás empujó la camilla hasta detenerse junto al escritorio.

—¿Dónde demonios estamos? —murmuró.

—En mi despacho —respondió una voz grave y profunda.

Laura, entre las brumas que nublaban su cerebro, creyó reconocer esa voz. Alzó débilmente la cabeza y contempló la figura que, surgiendo de las sombras, se recortaba contra el ventanal.

—¡Oh, no!... —musitó la muchacha.

Era el Maestro.

* * *

Los dos fornidos guardaespaldas transportaban con rapidez la camilla donde yacía el frágil cuerpo de Vargas. A su lado, la bella enfermera sostenía una bolsa de suero que se conectaba, a través de un tubo, al riego sanguíneo del anciano.

—¿Qué sucede? —preguntó Vargas.

—Un problema de seguridad, señor —respondió la enfermera—. Hay intrusos en el edificio. Creemos que no es prudente que permanezca usted aquí.

Confirmando las palabras de la mujer, el estampido de unos disparos resonó en la distancia. Vargas puso cara de contrariedad. Después de tanta espera, todo volvía a frustrarse. Notó que la ira le hervía en la boca del estómago y, por el bien de su débil corazón, intentó recuperar el control. Había supuesto que la organización del Maestro era más seria y eficaz, pero evidentemente estaba equivocado.

Los guardaespaldas transportaron la camilla con exquisito cuidado mientras bajaban las escaleras. Llegaron finalmente al garaje e introdujeron a Vargas en la ambulancia. Apenas un minuto más tarde, el vehículo abandonaba a toda velocidad la finca llamada el Pico del Ángel.

* * *

Horacio-Samuray avanzó unos pasos, la *katana* adelantada, el rostro contraído en una mueca salvaje, y se detuvo frente al Maestro.

—¡Eres tú! —dijo.

Sus palabras restallaron como un latigazo en el silencio del despacho.

El Maestro le contempló con curiosidad.

—¿Nos conocemos? —preguntó.

—Sí, desde hace mucho tiempo —repuso Horacio, tenso—. Tú eras entonces un perro de la guerra, un asesino despiadado. Arrasabas pueblos enteros, matando a hombres, mujeres y niños. Mutilabas y torturabas por pura diversión. Tu última infamia fue atacar traicioneramente la casa Fukuda. ¿Recuerdas ahora?

Las cejas del Maestro se alzaron como dos aves emprendiendo el vuelo.

—¿Eres Mayeda, el guardaespaldas del viejo Fukuda? —se echó a reír—. Creí que había acabado contigo a comienzos del siglo XVIII. ¿Cómo es que has regresado de la muerte?

—Tú también has vuelto, asesino, para seguir apestando la Tierra con el hálito de tu maldad —Horacio, inmóvil como una estatua, la espada enarbolada, encajó la mandíbula—. He regresado para vengar la muerte de mi señor Fukuda. Estoy aquí para matarte como a una alimaña.

—Y dime, ¿cómo piensas hacerlo? —sonrió, burlón, el Maestro—. ¿Con esa espadita? Oh, vamos, Mayeda, no seas ingenuo. Ya te maté una vez y dudo mucho que tenga algún problema para repetirlo.

Horacio aferró con fuerza la empuñadura de la *katana*. Perlas de sudor recorrieron su frente. Contuvo el aliento.

—Tranquilo, Nobusuke —intervino Tomás—. Está provocándote, no le escuches.

—Él me mató —las manos de Horacio temblaban de ira—. A traición, por la espalda. Y luego mató a mi señor. Debo vengarme.

Tomás sonrió con tristeza.

—Lo sé, lo sé, colega —dijo suavemente—. Pero si te enfrentas a él, lo perderemos todo. No puedes vencerle, tío. ¿Recuerdas nuestro plan? Pues haz lo que tienes que hacer. Yo me ocuparé de él.

Durante varios segundos, Horacio no movió ni un músculo del cuerpo, ni siquiera respiró; por fin exhaló una bocanada de aire y retrocedió hacia la puerta.

Laura se agitó sobre la camilla.

—No... —musitó—. No te vayas...

El Maestro le dirigió a Horacio una sonrisa burlona.

—¿Sabes una cosa, Mayeda? —comentó con ironía—. Tu señor Fukuda se arrastró delante de mí, suplicando por su vida, antes de que le cortara la cabeza. Era un cobarde que no merecía esa fidelidad tuya, tan perruna.

Horacio se detuvo en el umbral.

—Arderás en el infierno —dijo.

Y salió del despacho dando un portazo.

* * *

El Maestro volvió la cabeza y contempló a Tomás con curiosidad.

—No nos conocemos, ¿verdad?

—No, tío —sonrió Tomás.

—Entonces, ¿quién eres tú?

El muchacho hizo una burlona reverencia y contestó:

—El único, el incomparable, el magnífico Tomás.

El Maestro asintió, pensativo.

—Tomás —repitió—. Ya veo. Tu amiga me habló

de ti —hizo una pausa antes de proseguir—. Parece que te has metido en un lío, niño.

—Ah, no, colega. El que la ha liado eres tú. Tenías montado un buen tinglado, ¿a que sí? Un *bisnes* de primera —Tomás se cruzó relajadamente de brazos—. Trasplantes a la carta —prosiguió—. ¡Menuda idea! Pero lo mejor de todo es cómo conseguías los donantes. Te inventaste una secta; nada más y nada menos que una secta. ¡Genial!

—Los Hermanos del Cenobio —asintió el Maestro, divertido ante la desfachatez de aquel muchacho—. Almas benditas entregadas a la caridad.

—Dad de comer al hambriento, claro que sí. A sus comedores va cantidad de personal; por ejemplo, chavales que se han escapado de casa.

—Eso es —sonrió el hombre—. Chicos y chicas que se han fugado voluntariamente. La policía no los busca y sus familias no saben dónde están.

—Así que, si desaparecen, nadie se entera. Está condenadamente bien pensado —Tomás se rascó la cabeza—. Vamos a ver si lo he entendido: los cenobitas son el señuelo, con sus comidas gratis. Pero ellos no saben de qué va el rollo en realidad, ¿a que no?

—Son almas puras —ironizó el Maestro.

—Claro. El caso es que, un buen día, un chaval fugado aparece por uno de los comedores del Cenobio. En seguida se le acerca uno de tus hombres, que va de legal, y se enrolla con él. Le dice: «¿Quieres pasta fácil, tío?». «¡Claro!», contesta el infeliz. Y tu hombre le lleva a un Vampiro, a vender sangre. Allí le hacen un análisis y así es cómo os enteráis de si el chaval está sano, si no se droga y todo eso.

—Y averiguamos su grupo sanguíneo —apuntó el Maestro—, que es un dato vital para comprobar que sus órganos son compatibles con alguno de nuestros pacientes.

—Claro. Entonces secuestráis al pobre infeliz y lo traéis aquí para quitarle las vísceras y trasplantárselas a algún viejo podrido de millones. ¡Es la pera! —Tomás suspiró—. El problema es que estás asesinando a gente inocente, colega.

El Maestro hizo un ademán desdeñoso.

—Esos chicos acabarían muriendo igual —señaló—, de un navajazo, de una sobredosis, de lo que sea. Además, piensa que su muerte sirve para que alguien mejor que él pueda vivir. Una vida por otra, y así el *karma* queda equilibrado.

—¡Muy bueno! —Tomás hizo una mueca burlona—. Lo chungo es que no le preguntáis a esos chavales si quieren dar su vida por una causa tan noble. Os los cargáis por las bravas, sólo porque son pobres y débiles, y a nadie le importa una mierda lo que sea de ellos. Y eso no mola, tío.

Un estruendo de gritos y disparos se escuchó en la lejanía. El Maestro arrugó levemente el entrecejo y contempló con repentina seriedad a Tomás.

—Me encantaría seguir charlando de asuntos morales contigo, niño, pero no tengo tiempo. Ese amigo tuyo, Mayeda, ¿a dónde ha ido?

—¿El Samuray? Va a hacer explotar esta casa —Tomás se encogió de hombros—. Al menos, en eso habíamos quedado.

—¿Una explosión? ¿Cómo?

—Es fácil. Ahí fuera tenéis un tanque de propano la repera de grande. Y muy cerca, en el sótano, hay gasolina y bombonas de oxígeno. Si lo juntas todo y le prendes fuego..., ¡buuuum!, a hacer puñetas la casa.

El Maestro esbozó una media sonrisa.

—Los guardianes se lo impedirán —dijo.

—¿Al Samuray? —Tomás se echó a reír—. ¡Ni de coña, tío! Nobusuke es como Jackie Chan, pero en japonés —remedó un golpe de kárate—. Tiene más peligro que un *ninja* cabreado. Tus hombres ni siquiera le verán hasta que sea demasiado tarde.

El Maestro reflexionó unos instantes.

—¿Sabes? —dijo finalmente—, puede que tengas razón. Mayeda poseía insospechadas capacidades. Será mejor que vaya yo mismo a buscarle.

Tomás alzó el índice de su mano derecha y lo movió de un lado a otro.

—Ah, no, colega —dijo—. No te voy a dejar salir de aquí.

—¿Y cómo me lo impedirás? —el Maestro se echó a reír—. ¡Pero si sólo eres un crío!

Tomás se cruzó de brazos y adoptó una actitud retadora.

—No saldrás de aquí —repitió.

La cara del Maestro se transformó en una máscara inexpresiva. Apretó los párpados y escrutó con intensa concentración a aquel muchacho que osaba enfrentársele. Parecía demasiado seguro de sí mismo, pensó, demasiado tranquilo, como el jugador que cuenta con un as oculto bajo la manga.

—¿Quién eres tú? —preguntó de nuevo.

—Sólo un crío —respondió Tomás, sonriente.

El Maestro respiró hondo y unió las yemas de los dedos, igual que un juez severo a punto de dictar una sentencia.

—De acuerdo, niño —susurró—. Acabemos con esto de una vez.

Cerró los ojos e inclinó la cabeza, sumergiendo su rostro en las sombras. Parecía intensamente concentrado, vuelto hacia su propio interior, replegado sobre sí mismo. Su cuerpo se agitó en un casi imperceptible temblor. Los segundos transcurrieron con asfixiante lentitud.

Laura, tumbada en la camilla, apenas era consciente de lo que sucedía a su alrededor. Aún estaba demasiado drogada y, además, desde que Horacio había abandonado el despacho, ella había comprendido que todo estaba perdido. ¿Qué podía hacer Tomás sin la ayuda del Samuray? Nada. Así que la muchacha, frustrada su última esperanza, había abandonado todo intento de resistencia.

Sin embargo, algo despertó su entumecida atención. Era un ruido extraño, aterrador, similar al siseo de una serpiente, pero más ominoso y sonoro. Laura volvió la cabeza e intentó enfocar la mirada. Distinguió a Tomás, de pie, inmóvil, y frente a él la negra silueta del Maestro recortada contra el ventanal.

Pero... Un momento. Algo ocurría. El cuerpo del Maestro se había transformado y ahora...

La muchacha se estremeció, incapaz de comprender lo que estaba viendo.

¿Vi realmente lo que creí ver? Después de tantos años, los recuerdos se tornan imprecisos, frágiles y, a causa de tanto acudir a ellos, se corre el peligro de quebrarlos o, lo que es peor, de falsearlos.

Yo estaba drogada. Apenas lograba mantenerme despierta y las imágenes me llegaban distorsionadas, como si contemplase un canal de televisión mal sintonizado. Pudo tratarse de una alucinación; de hecho, ésa es la explicación más probable.

En cualquier caso, esto es lo que vi.

El Maestro se había convertido en una forma oscura. No me refiero a una oscuridad normal, sino a la carencia absoluta de luz. Estoy hablando de una negrura que producía vértigo, terror, pasmo. El corazón de las tinieblas. El abismo. En eso se había transformado el Maestro. Un manchón negro en el que flotaban dos puntos rojizos; quizá los ojos, no estoy segura.

Sin embargo, aquello no era lo peor. Lo realmente terrible era que de su alterado cuerpo parecían brotar filamentos, zarcillos forjados en la negrura, tentáculos oscuros que se agitaban y crecían, enroscándose y palpitando como las informes extremidades de una bestia primigenia.

Era una visión enloquecedora y yo quería apartar la mirada, cerrar los ojos, dejar de ver aquel espanto, pero no podía; estaba sumida en una especie de trance hipnótico, fascinada y asustada a la vez. Y el sonido... ¡Oh, Dios mío!, era el siseo de un millar de serpientes, gritos de ratas en el cementerio, chasquidos de mandíbulas y arañar de garras. Y el olor... Olor a podredumbre, a fango, a aire corrupto y viciado.

Los tentáculos de oscuridad que brotaban del bulto negro que había sido el Maestro crecieron y crecieron, cerniéndose sobre la menuda figura de Tomás. Éste, sorprendentemente, ni siquiera se movió.

—¿Eso es todo lo que sabes hacer, colega? —dijo con displicencia.

Entonces, cuando los ominosos tentáculos estaban a punto de abatirse sobre él, Tomás se llevó una mano a la cara y, con toda tranquilidad, se quitó las gafas de sol.

¡Y vi sus ojos, Dios, pude verlos!...

Brillaban. Eran dos diamantes gemelos, dos arcos voltaicos, dos focos de inusitada luminosidad.

Los tentáculos detuvieron su avance, quizá incluso retrocedieron un poco. El siseo de serpientes enmudeció. La atmósfera del despacho pareció cristalizarse.

—¿Quién eres? —preguntó de nuevo el Maestro.

Su voz parecía proceder de todas partes, pero ahora había en ella un deje de... ¿De temor?

Una enigmática sonrisa se formó en el rostro de Tomás, bajo la nítida luz que emanaban las candelas de sus ojos.

—Soy tu peor pesadilla —dijo—, tu verdugo.

Y entonces, juro que eso es lo que vi, dos rayos de luz blanca y cegadora surgieron de sus pupilas y hendieron la carne negra del Maestro, hiriendo las tinie-

blas de su piel, sesgando la oscuridad siniestra y amorfa de su cuerpo.

Y los tentáculos se apartaron de aquel fulgor sobrenatural como serpientes abrasadas por las llamas.

Un grito, el grito aterrorizado de la bestia, lo llenó todo, lo abarcó todo, lo estremeció todo.

Y los rayos de luz que emanaban los ojos de Tomás crecieron en intensidad, y el aire crepitó, y noté un intenso olor a ozono, como el aroma de la brisa después de la tormenta.

De pronto hubo un relámpago, un intensísimo resplandor cegadoramente blanco, una marea de luz, una inundación de claridad.

Y la bestia, herida de muerte, profirió un postrer alarido, y su indescriptible cuerpo explotó, fragmentándose en retazos de oscuridad, en negros jirones de humo arrastrados por un huracán.

Creo que fue entonces cuando me desmayé.

—Eh, pibita; vamos, despierta...

Laura abrió los ojos y contempló el jovial rostro de Tomás, que de nuevo llevaba puestas las gafas de sol.

—Tomás... —musitó la muchacha—. ¿Qué ha pasado?... —de pronto recordó lo que había visto (o creído ver)—. ¡Ese hombre...! —exclamó—. ¿Dónde está?....

—¿El Maestro? Bah, pasa de él. Es historia.

—Pe-pero..., los tentáculos..., la luz...

—*Tranqui,* coleguita. Estás más dopada que Maradona antes de un partido. No hables, voy a quitarte esas correas y luego nos abriremos de aquí.

Tomás aflojó rápidamente los cierres de las cintas de cuero hasta desabrocharlos todos.

—Ya está —dijo—. ¿Puedes levantarte?

Laura se percató, vagamente, de que estaba desnuda, pero se sentía tan mal que no le dio la menor importancia. Apoyó un codo e intentó incorporarse. Fue inútil; la droga la había debilitado tanto que apenas podía moverse. Se dejó caer de nuevo sobre la camilla.

—No puedo... —musitó.

Entonces, la puerta se abrió bruscamente y Martín entró en el despacho empuñando una pistola.

—¿Qué ha ocurrido? —exclamó, con el rostro desencajado.

Laura exhaló una bocanada de aire. Tomás alzó la cabeza y sonrió amistosamente.

—¿Cómo va eso, colega? —le saludó.

Martín encañonó al muchacho.

—¡¿Dónde está el Maestro?!

—Se fue —repuso Tomás con un encogimiento de hombros.

—¡Mientes! He notado una vibración, un lamento... El Maestro ha muerto...

El muchacho sonrió con ironía.

—Bueno tío, ésa es una forma de irse.

Las mejillas de Martín enrojecieron de ira.

—¡Tú le has matado! —bramó—. ¡Has matado al hombre más grande que jamás ha existido!

Martín encajó los dientes, afinó la puntería (centrando el punto de mira sobre la cabeza del muchacho), tensó el dedo sobre el gatillo y disparó.

Pero una décima de segundo antes de hacerlo, el infierno se abatió sobre ellos. Hubo una explosión, un estallido ensordecedor que sacudió la casa como si fuera una construcción de juguete y zarandeó a Martín de un lado a otro. La bala, siguiendo una trayectoria equivocada, pasó a escasos centímetros del muchacho. Grandes grietas se formaron en el techo y las paredes. Los cristales del ventanal se hicieron añicos. Martín, decidido a acabar con Tomás, recuperó el equilibrio y volvió a hacer puntería.

Y una segunda explosión, mucho más intensa que la primera, partió, literalmente, la casa por la mitad.

Martín se precipitó al suelo de bruces. La camilla, con Laura encima, rodó de un lado a otro. Tomás tuvo que apoyarse en el escritorio para no caer. Una enorme grieta sesgó el suelo del despacho. Densas nubes de polvo y humo llenaron el aire. Resonó un crujido grave y profundo mientras parte del edificio se inclinaba y comenzaba a derrumbarse. Martín se arrastró por el suelo y recuperó su pistola.

—¡Malditos seáis! —aulló.

Y empezó a disparar a ciegas a través de las llamas que surgían de la grieta del suelo.

Tomás reaccionó al instante. Se aproximó a Laura y le gritó al oído:

—¡Aguanta la respiración, pibita! ¡Nos vamos!

Y, acto seguido, empujó la camilla hacia el ventanal, a la carrera, las balas silbando a su alrededor. Y, de pronto, ya no hubo suelo bajo sus pies, sino un abismo negro y profundo.

Y la camilla, Laura y Tomás se precipitaron inexorablemente hacia las oscuras aguas del lago.

* * *

Un choque violento, el gélido tacto del agua sobre la piel, y luego una sensación de caída mientras su cuerpo se sumergía en aquel líquido helado. Laura a duras penas lograba mantenerse consciente. Se hundía y no podía hacer nada por evitarlo. Carecía de fuerzas para ello.

Abajo, siempre hacia abajo. Sin luz. Sin aire.

Los pulmones a punto de explotar.

«Después de todo, voy a morir ahogada», pensó vagamente.

De pronto, un brazo rodeó su cintura y empezó a tirar de ella hacia arriba. Una brazada, y otra, y otra más.

Y, de golpe, su cabeza emergió sobre la espejada superficie del lago. Laura tosió y jadeó, inhalando bocanadas de aire con la ansiedad de un recién nacido.

—¿Cómo va eso, coleguita? —preguntó Tomás.

La muchacha no contestó; estaba demasiado ocupada en respirar. Tomás pasó un brazo por su cuello y empezó a nadar, conduciéndola a la orilla. Un minuto después salieron del agua y se dejaron caer, extenuados, sobre la hierba.

—Menudo día más chungo —resopló el muchacho, incorporándose—. ¿Estás bien, piba?

—No... —musitó Laura, tumbada boca abajo—. Estoy fatal...

—Bueno, ya se te pasará.

Tomás, que pese a la brutal zambullida todavía conservaba las gafas de sol, contempló la mansión situada en la cima del picacho. Todo el ala trasera se había derrumbado y el resto del edificio era pasto de un descomunal incendio. La brisa trajo a sus oídos un alboroto de voces, gritos y lamentos.

El muchacho se volvió hacia el bosque y, haciendo bocina con las manos, imitó tres veces el canto de un búho. Luego ayudó a Laura a sentarse sobre una piedra y comenzó a frotarle vigorosamente los brazos y la espalda, intentando combatir la hipotermia.

A los pocos minutos, una figura surgió de entre las sombras del bosque y se aproximó a ellos con ágil y furtivo caminar. Era Horacio.

—Estáis vivos —dijo el Samuray, siempre inexpresivo.

—Por los pelos, tío —contestó Tomás; luego señaló con un cabeceo el resplandor del incendio y agregó—: Bonitos fuegos artificiales has montado. ¿Algún problema?

Horacio observó de reojo la destruida mansión y, pese al hieratismo de su rostro, cierta expresión de orgullo ante un trabajo bien hecho se asomó a su mirada.

—Ningún problema —dijo—. El «propano» es un buen invento.

—Genial, colega —sonrió el muchacho—. Ahora hay que echarle una mano a la pibita. Está congelada.

Horacio se despojó de la gabardina y envolvió con ella el desnudo y tembloroso cuerpo de Laura. La muchacha, castañeteando los dientes, se arrebujó en la tela e intentó entrar en calor. El *shock* que había sufrido al precipitarse en aquel lago de agua helada contribuyó en gran medida a ahuyentar los efectos de la droga, pero todavía se sentía muy débil.

—Tenemos que abrirnos de aquí antes de que llegue la *pasma* —dijo Tomás tras un prolongado silencio.

—Nadie va a irse —contestó una ronca voz a sus espaldas.

Tomás, Horacio y Laura giraron la cabeza a la vez.

Y vieron el brillante y rasurado cráneo de Roco, y su fornido cuerpo surgiendo de entre los árboles, y el negro cañón de la ametralladora con que los apuntaba.

Las manos del Samuray relampaguearon al empuñar la *katana*.

—¡Quieto! —ordenó Roco—. Ya sé que puedes desviar las balas de una pistola. Pero no podrás hacer lo mismo con un arma que efectúa once disparos por segundo. Tira ese hierro o me cargo a la chica.

Horacio permaneció inmóvil unos instantes. Luego, al advertir que el dedo de Roco se tensaba sobre el gatillo, arrojó la espada al suelo.

—Qué pesados sois —suspiró Tomás, cruzándose de brazos—. Todo ha acabado, tío. Déjalo ya.

—¡Cállate! —bramó Roco—. ¿Dónde está Martín?

El muchacho hizo un gesto en dirección a la incendiada casa.

—Se quedó allí —dijo.

—¿Y el Maestro?

Tomás sonrió de oreja a oreja.

—Ése —repuso— está un poco más lejos.

Las facciones de Roco adquirieron un aspecto brutal. Reflejos de locura destellaron en sus pupilas.

—El Maestro ha muerto... —musitó—. Lo noté en el aire... y en mi sangre... Una punzada atravesó mi corazón cuando escuché su grito... —sus ojos parecieron extraviarse durante unos segundos y, de pronto, brillaron llenos de furia—. ¡Es por vuestra culpa! —gritó—. ¡Habéis matado al Maestro! —aferró con fuerza la ametralladora y susurró—: Ahora moriréis vosotros...

Inesperadamente, se produjo un movimiento a su espalda y algo se abatió sobre él, golpeándole con fuerza el cráneo, en medio del crujir de la madera y con el acompañamiento de un único y asonante acorde.

Roco dejó caer la ametralladora y se derrumbó pesadamente sobre el suelo, con los restos de una guitarra todavía encajados en su magullada cabeza.

El hombre que le había golpeado avanzó unos pasos, haciendo ondear la espesa melena que enmarcaba su barbudo y sonriente rostro.

Era el Capitán Trotamundos.

—¿Me echabais de menos? —preguntó.

—¡Capitán! —exclamó Tomás—. ¿Qué haces tú aquí?

El hombre extendió los brazos, como un histrión saludando a su público.

—¡Soy el monarca de los caminos! —declaró a voz en grito—. ¡El príncipe de las carreteras! ¿Os dije que no sabía dónde estaba la casa de los cenobitas? ¡Pues llevo días buscándola como un sabueso! ¡Y, finalmente, la he encontrado! —señaló hacia la llameante mansión—. ¡Ahí está! ¿No soy un tío grande? —contempló al inconsciente Roco—. Por cierto, habéis tenido suerte de que llegara a tiempo; ese tipo iba a mataros —frunció el entrecejo—. Mira mi guitarra... Era de palo santo, maldita sea —suspiró y le dedicó a Laura una amplia sonrisa—. Hola, pimpollo, ¿qué tal estás?

Laura parpadeó un par de veces, incapaz de reaccionar. De pronto, sintió que oleadas de vértigo inundaban su cerebro. El mundo, la noche, todo empezó a girar. Cerró los ojos.

Y se desmayó.

* * *

Cuando, una hora más tarde, el inspector Arriaga llegó al Pico del Ángel, se encontró con un auténtico infierno.

La casa situada sobre el picacho era pasto de las llamas y hombres y mujeres deambulaban de un lado a otro de la finca. Algunos lloraban, otros caminaban sin rumbo fijo, como zombis, con los ojos transidos de estupefacción. El guardián de la entrada estaba tirado en el suelo, encogido en posición fetal, profiriendo angustiados gemidos.

—¿Pero qué ha pasado aquí?... —murmuró el policía, sin poder dar crédito a sus ojos.

Regresó a su coche, conectó la radio y pidió refuerzos.

De nuevo la nada, la inconsciencia. Pero esta vez acompañada de sueños.

Soñé que estaba sola en un bosque, de noche, frente a un lago. El viento acariciaba las copas de los árboles, arrancándole a las hojas susurros de satén.

De pronto, un ser luminoso surgió de las aguas. Era un ángel con las alas desplegadas, brillante como un Sol, majestuoso, increíblemente bello. En la mano derecha portaba una espada flamígera.

El ángel se detuvo frente a mí y me contempló con ojos ciegos. Extendió una mano y señaló a mi derecha. Volví la cabeza. Y vi a un hombre. El hombre que más había querido en mi vida. Mi padre.

Papá me sonrió y dijo: «Has actuado bien, Laurita. Ya no debes preocuparte más.» Cabeceó aprobadoramente y, poco a poco, su imagen se fue tornando cristalina, sutil. Al cabo de unos instantes desapareció, como una nube de humo arrastrada por la brisa.

Me volví hacia el ángel y le vi alzar el vuelo, y subir y subir, hasta convertirse en una estrella del firmamento, la más brillante.

¿Cuál era el significado de aquel sueño?

Lo ignoro. Pero recuerdo que, después de tenerlo, me sentí realmente en paz conmigo misma.

Capítulo diez

Lo primero que Laura vio al abrir los ojos fue el rostro de Juan, el hijo menor de los Heredia.

—¿Estás viva, *quilla?* —preguntó el niño.

Laura se incorporó bruscamente. Estaba en una habitación limpia y ordenada, sobre una cama cuyas sábanas olían a suavizante. En un rincón, abierta encima de una silla, descansaba su maleta, la maleta que dejó abandonada en la arboleda hacía quién sabe cuánto tiempo. Los claros rayos del Sol se filtraban a través de los visillos que cubrían la ventana, derramándose sobre el parqué como un líquido resplandeciente.

—¿Dónde estoy? —preguntó.

—En mi casa —contestó Juanito.

De pronto, los recuerdos volvieron en tropel a la memoria de Laura. Martín, el Maestro, la mansión, la explosión, su huida por el ventanal, el lago...

—Todo ha terminado —musitó Laura—. Qué alegría... —sus ojos se iluminaron—. ¡Qué alegría! —repitió y, abrazando al muchacho, le estampó dos sonoros besos en las mejillas.

Juanito retrocedió unos pasos, torció el gesto y se frotó la cara con evidente desagrado.

—¡Aggg! —dijo, y salió pitando.

Laura se levantó de la cama. Llevaba puesto uno de sus pijamas, pero ni siquiera se le pasó por la cabeza cambiarse. Abandonó el dormitorio y cruzó un solitario salón. La puerta estaba abierta. Salió al exterior y, guiñando los ojos para protegerse del sol, contempló el amplio patio adornado con claveles y azaleas. Un poco más allá, a la derecha, León Heredia estaba junto a su camión, manipulando el motor.

—Señor Heredia —le llamó Laura, aproximándose.

El gitano levantó la cabeza del capó.

—Ah, niña —dijo sonriente—; ¿cómo estás?

—Muy bien... —Laura le abrazó con fuerza—. Qué alegría verle, señor Heredia...

El hombre, sorprendido y azorado, alzó por encima de su cabeza las manos, negras de grasa.

—Cuidado, niña, que voy a mancharte.

—No importa, no importa. Si se mancha, se limpia...

Alma, la mujer de León Heredia, apareció en ese momento en el patio, llevando una taza de café en una mano.

—Buenos días, muchacha —la saludó—. ¿Qué tal estás?

Laura se apartó de León y corrió a abrazar a la mujer.

—¡Alma! —exclamó, dándole dos besos—. ¡Qué alegría verte! ¡Qué contenta estoy!

La gitana tuvo que hacer auténticos equilibrios para no derramar el contenido de la taza. Alguien carraspeó. Laura miró por encima del hombro de Alma y contempló el sonriente rostro de Horacio.

—Hola, querida niña —dijo bonachonamente el hombre.

—¿Es usted, Profesor? —Horacio asintió y Laura se lanzó a sus brazos—. ¡Cuántas ganas tenía de verle! —exclamó, besándole en una mejilla—. ¡Qué alegría, qué alegría! —agregó, besándole en la otra.

El hombre se sonrojó (en parte por timidez, en parte por la fuerza del abrazo de la muchacha) y musitó, con escasa coherencia, una cita de Descartes.

Unos segundos después, Laura se apartó de Horacio y miró en derredor. Jamás se había sentido tan feliz, tan viva. Tenía auténtica necesidad de besar y abrazar a cualquiera que se le pusiera por delante. Vio a Esperanza, Antonio y Juan, los hijos de los Heredia, que, desde un extremo del patio, la contemplaban como si estuviera loca. Se aproximó a ellos con los brazos extendidos y una beatífica expresión en el rostro. Los tres niños palidecieron y echaron a correr como almas que lleva el diablo.

Laura consideró que era mejor no perseguirlos y se dio la vuelta, dispuesta a volver a besar a todo el mundo. Entonces vio a Tomás, apoyado contra un muro de la casa, sonriéndole con ironía.

—Ni se te ocurra achucharme, eh, pibita —dijo.

El rostro de la muchacha se ensombreció.

—¡Eres tú! —exclamó, temblando de ira.

La sonrisa de Tomás se desvaneció.

—¿Qué pasa?... —murmuró.

—¡Tú! —bramó Laura—. ¡Maldito traidor! ¡Me dejaste tirada! ¡Me engañaste!

—Tranquila, tranquila... —intentó aplacarla Tomás—. No grites...

—¡Grito lo que me da la gana! ¡Manipulador! ¡Mentiroso! ¡Me raptaron! ¡Me iban a matar! ¡Y tú..., tú...!

Las palabras se atropellaron en los labios de la muchacha. Enmudeció y respiró profundamente varias veces. Cuando consiguió calmarse, se volvió hacia el Profesor y los Heredia, y les dijo con una sonrisa forzada:

—Disculpadnos un momento; Tomás y yo tenemos que hablar en privado.

* * *

Estaban sentados en la parte trasera del patio, solos. Laura, muy enfadada, se cruzó de brazos.

—¿Por qué no intervinisteis cuando ese cura falso y su amigo el calvo me secuestraron? —sin aguardar la respuesta, prosiguió—: Porque querías seguirlos para ver a dónde me llevaban, ¿verdad?

—Pero, ¿por quién me has tomado? —Tomás resopló, ofendido—. ¿Cómo puedes pensar eso? —se rascó la cabeza y, tras una pausa, reconoció—: Bueno, más o menos tienes razón. Pero era la única forma de encontrar la casa del Maestro, pibita.

Laura sacudió la cabeza.

—¡Muy bonito! Así que permitiste que me drogaran, que me raptaran y que me metieran en un quirófano para extirparme los órganos. Gracias, muchas gracias. Con amigos como tú, ¿para qué necesito enemigos?

—Pensaba rescatarte —objetó Tomás—. Y te rescaté.

—Sí, claro. Tirándome por un balcón —contuvo el aliento—. Desde que te conozco me he metido en más líos que durante el resto de mi vida. Pero es verdad: no has parado de rescatarme. Me siento como una damisela estúpida e inútil —se enfurruñó de nuevo—. ¡Lo que pasa es que yo no quería meterme en todos esos líos, maldita sea!

Tomás se ajustó las gafas de sol.

—No te mosquees, coleguita —dijo—. Todo ha salido bien, ¿no? Hemos acabado con la organización del Maestro y ya no morirán más chavales. Eso *mola que te pasas,* ¿a que sí?

Laura no contestó. De pronto había recordado los extraños sucesos que, la noche anterior, presenció en el despacho de la mansión.

—Tomás...

—¿Qué?

—¿Qué pasó cuando nos encontramos con ese tipo, con el Maestro?

Tomás arqueó las cejas.

—Tú estabas allí, pibita.

—Sí. Pero lo que recuerdo haber visto... Bueno, es un poco raro.

—¿Qué viste?

Laura exhaló una bocanada de aire y desvió la mirada. De pronto, ya no se sentía tan segura.

—Pues... recuerdo que Horacio se fue. El Maestro y tú hablasteis un rato y, luego..., bueno, el Maestro cambió. Quiero decir que, en fin, se volvió muy oscuro y le salieron... —se ruborizó—, le salieron tentáculos del cuerpo...

—Tentáculos —repitió el muchacho, inexpresivo.

—Sí, caray, tentáculos negros. Y luego tú te quitaste las gafas, y tus ojos brillaban, y te surgieron unos rayos y, entonces, el Maestro, que se había convertido en una especie de bestia oscura, explotó.

—¿Explotó?

—Sí...

Tomás contempló de hito en hito a Laura. Luego echó la cabeza hacia atrás y comenzó a reír estruendosamente.

—¡Muy bueno, tía! —exclamó entre carcajadas—. ¡Me salían rayos de los ojos! ¡Como a Superman!

Laura se removió, sintiéndose un poco ridícula.

—No le veo la gracia —murmuró.

Tomás hizo esfuerzos por contener la risa.

—Perdona, colega; no quería burlarme. Pero es que tienes cada cosa... —carraspeó—. Mira, estabas drogada como un piojo y alucinaste en tecnicolor. Eso es todo.

Laura sacudió la cabeza.

—No, no. Un momento. Sé perfectamente lo que vi. Además, antes de eso, el Maestro y Horacio hablaron y parecía como si se conocieran desde hace doscientos años. ¡Dos siglos!

—Pero Horacio está como una jaula de grillos, ya lo sabes. No te lo puedes tomar en serio.

Laura reflexionó unos instantes.

—Vale —dijo—. Me lo imaginé todo, de acuerdo. Entonces, contéstame una cosa: ¿qué pasó en aquel despacho? Cuando entramos, estaba el Maestro. Perdí el conocimiento y, cuando lo recuperé, ya no estaba. ¿Qué ocurrió?

Tomás desvió la mirada.

—Qué más da, pibita —contestó—. Es agua pasada, olvídate de ese mal rollo.

Laura guardó unos segundos de silencio.

—Tomás... —dijo.

—¿Qué?

—Quítate las gafas.

El muchacho frunció el ceño.

—¿Por qué?

—Porque quiero verte los ojos.

El rostro de Tomás se tornó serio. Respiró hondo y sacudió la cabeza.

—No, coleguita —dijo—. No me las voy a quitar.

Sobrevino un largo silencio.

—¡Eh, muchachos! —les llamó León Heredia desde el otro extremo del patio—. El camión ya está arreglado. Si os dais prisa, os llevaré a casa.

Laura parpadeó.

—¿A casa?...

—Sí, a casa —susurró Tomás, encantado por aquella providencial interrupción—. Hoy es domingo y estará tu madre.

—¿Mi madre? —el rostro de Laura se iluminó con una sonrisa un tanto desconcertada—. Sí, quiero ir a casa.

—Pero estás en pijama.

La muchacha asintió. De repente parecía un poco aturdida.

—Voy a cambiarme... —dijo.

Tomás observó cómo se alejaba. Cuando Laura desapareció en el interior de la vivienda, el muchacho respiró aliviado y se enjugó con la manga de la camisa el sudor de la frente.

* * *

Afortunadamente, León Heredia le había cambiado el carburador a su camión y ahora el vehículo circulaba con algo más de potencia y, desde luego, con muchísimo menos ruido. El gitano llevó primero a Horacio al lugar donde vivía habitualmente: un hospital psiquiátrico situado a escasos kilómetros de la ciudad.

—Pero, Profesor —le dijo Laura, preocupada—, ¿va a estar usted bien ahí?

—Divinamente, hija. La comida es buena y el trato, agradable —Horacio sonrió con picardía—. Además —agregó—, cuando entre en el sanatorio dejaré que la Duquesa tome el control. Esa mujer les saca de quicio a los doctores.

Rió entre dientes, se despidió con un tímido ademán y echó a andar hacia el edificio. De pronto se detuvo, como si hubiera recordado algo, y se volvió hacia Laura.

—El Samuray te manda recuerdos, muchacha. Mayeda dice que eres una *gaijin* muy valiente.

El camión se puso de nuevo en marcha y Laura observó cómo la figura de Horacio se empequeñecía en la distancia. ¿Era su imaginación, o aquel hombre había adoptado de pronto el rígido porte de una dama de la alta sociedad?

Apenas quince minutos después, el vehículo de León Heredia se detuvo en un lateral de la autopista, a poca distancia de la barriada de El Pozo. Laura y Tomás bajaron del camión, se despidieron del gitano y echaron a andar hacia las chabolas. Caminaron en silencio, cargando entre los dos con la pesada maleta de la muchacha. Al cabo de unos minutos, mientras cruzaban las calles de la barriada, Laura preguntó:

—¿Y el Capitán Trotamundos? Creo recordar que apareció de repente la otra noche. ¿O también me lo he imaginado?

—No, piba, sí que estuvo allí. Al Capitán se le metió en el coco encontrar la casa del Maestro. Y la encontró justo a tiempo, por cierto, porque ese calvorotas amigo tuyo iba a dejarnos como un colador.

—¿Y dónde está el Capitán ahora?

—Se fue al amanecer. Dijo que ya había retrasado mucho su viaje a Nueva Zelanda. También me pidió que te diese sus saludos. Prometió mandarte una postal desde el otro lado del mundo.

Tomás se detuvo. Habían llegado a la linde que separaba el poblado de chabolas del barrio de Laura.

—Bueno, tía, aquí me quedo.

La muchacha dejó la maleta en el suelo.

—¿Qué vas a hacer?

—Lo de siempre —contestó Tomás encogiéndose de hombros—. Nada de particular.

—¿Volveremos a vernos?

—Claro. Somos casi vecinos, pibita.

Laura asintió, pensativa.

—Me engañaste —dijo tras un largo silencio.

—Sólo un poquito...

—Y permitiste que me raptaran.

—Pero fue por una buena causa.

—Te he cogido mucha manía, ¿sabes?

—Ya...

—Me cae muy mal la gente manipuladora como tú.

—Claro...

Laura contempló muy seria al muchacho y, de repente, le abrazó con fuerza.

—Pero te echaré de menos, maldito enano —dijo entre lágrimas—. Me alegro mucho de haberte conocido.

Tomás se desasió suavemente de los brazos de la muchacha.

—Vale..., ea, ea... No nos pongamos ahora sentimentales. ¿No empezarás otra vez con ese rollo de los besos?

—Tranquilo —repuso Laura, secándose las lágrimas—. Nunca besaría a alguien tan poco de fiar como tú.

—Pues entonces ábrete ya, pibita. Tu vieja te estará esperando.

Laura sorbió por la nariz, cogió la maleta, se despidió con un gesto y comenzó a alejarse. Apenas había recorrido unos metros cuando Tomás gritó:

—¡Eh, Laura!

Era la primera vez que la llamaba por su nombre. La muchacha volvió la cabeza.

—¿Qué?

Tomás extendió los brazos.

—¡Ya no eres una pija, tía! —exclamó.

Y echó a andar alegremente hacia El Pozo.

Laura sonrió de oreja a oreja.

—Gracias... —musitó.

Luego volvió la mirada hacia su barrio y contempló los grisáceos edificios, los sucios talleres, los solares llenos de escombros. Hasta hacía muy poco, aquel paisaje le había parecido deprimente, pero ahora, quién sabe por qué, se le antojaba el lugar más acogedor del mundo.

* * *

El ascensor seguía estropeado. A Laura no le importó. Remontó las escaleras de muy buen humor y dejó la maleta frente a la puerta de su casa. Pero no entró; antes tenía algo que hacer. Subió hasta el cuarto piso y llamó a uno de los timbres. Tras una breve pausa se abrió la puerta y apareció en el umbral Miguel, su vecino.

—¡Laura! —exclamó sorprendido.

—Hola, Miguel —sonrió la muchacha.

—Hola... Hacía mucho que no te veía.

—He estado de vacaciones. Oye, Miguel, quería hablarte sobre eso de ir al cine. Soy una imbécil, perdóname. El otro día no dije más que tonterías. La verdad es que me encantaría ver una película contigo. Si es que tú todavía quieres...

El joven parpadeó, estupefacto.

—Sí... —musitó—. Claro que quiero.

—Genial. Hoy estoy muy cansada, pero, si te parece, vamos mañana.

—Mañana. Sí, muy bien.

—Bueno, pues me alegro de haberte visto, Miguel. Hasta mañana.

Laura se despidió con un ademán y, dejando atrás a su desconcertado vecino, bajó al tercer piso, abrió la puerta de su casa y entró en ella.

—¡Laura! —exclamó Begoña al verla—. ¡Ya has vuelto!

—¡Mamá! —gritó la muchacha, y corrió a abrazarla—. ¡Qué ganas tenía de verte, mamá! —dijo, cubriéndola de besos—. ¡Cómo me alegro de estar de vuelta!

—¿Qué tal lo has pasado, niña? —preguntó Begoña, un tanto extrañada por la inusual efusión que mostraba su hija.

—Pues... —Laura, como a regañadientes, dejó de abrazar a su madre—. Han sido unas vacaciones... interesantes, sí.

—Qué bien. Tienes que contarme todo lo que has hecho.

—Pero no ahora —Laura miró en derredor y sonrió feliz; se aproximó a la mesa y acarició el tablero de cerezo—. Mira qué mesa más bonita —dijo con una sonrisa un tanto bobalicona; rozó con la mano la tapicería de un asiento—. Y este sillón es una maravilla, nunca me había fijado —se acercó a la ventana—. ¡Y mira las cortinas! —exclamó—. ¡Son la cosa más linda que he visto en mi vida!

Begoña contempló a su hija con la boca abierta.

—¿Te sucede algo, Laura? —preguntó.

—Sí, mamá. Sucede que me gusta este sitio y que ya no quiero irme de aquí. Es nuestro hogar. El tuyo y el mío.

Los ojos de la mujer se iluminaron.

—Entonces, ¿irás a la universidad?

Laura sacudió la cabeza.

—No lo sé. Todavía no lo he pensado. Y ahora no quiero pensar, mamá. Estoy tan contenta...

—Lo que estás es un poco rara, hija —la frente de Begoña se arrugó—. ¿Ha pasado algo? El otro día llamó un policía preguntando por ti.

—¿El inspector Arriaga?

—Sí.

—No te preocupes. Es un amigo, no pasa nada.

—Pero...

—Déjate de *peros,* mamá. Mira qué día tan bueno hace. ¿Por qué no damos un paseo y luego nos vamos a comer por ahí?

—Pero, Laura, no podemos permitirnos...

—Sí que podemos. Lo que pasa es que no nos atrevemos —la muchacha suspiró—. Ya sé lo que anda mal entre nosotras, mamá: nos hemos encerrado en esta casa y, cada una a su manera, ha buscado refugio en los recuerdos. Pero... —vaciló, cogió a su madre de la mano y la guió hasta situarla delante del espejo de la cómoda—. Míranos —prosiguió—: estamos vivas. Papá murió, pero tú y yo seguimos viviendo.

—No me gusta que hables así, Laura... —protestó Begoña.

—Pero mírate, mamá, mírate. Todavía eres joven y guapa. ¿Tú crees que a papá le gustaría verte convertida en una anciana prematura, mirando a todas horas viejos álbumes de fotos? No, maldita sea. Él querría que siguieses viviendo y que hicieras lo posible por ser feliz.

Begoña contempló su imagen en el espejo y tragó saliva. Tenía los ojos húmedos, pero hizo esfuerzos por no llorar.

—¿Quieres que prepare café? —dijo, sin saber qué decir—. ¿O que te traiga unas aspirinas? Creo que las aspirinas te vendrían bien...

—No, mamá. Quiero que te pongas un vestido bonito y que nos vayamos las dos a dar un paseo.

Begoña parpadeó varias veces y suspiró.

—Está bien —dijo—. Voy a cambiarme.

Mientras su madre abandonaba el salón camino del dormitorio, Laura se aproximó a la ventana y permitió que los rayos del Sol le acariciaran el rostro. Cerró los ojos, se abrazó a sí misma y sonrió.

Era bueno estar en casa otra vez.

* * *

El inspector Arriaga tomó asiento sobre la rugosa superficie de un tronco caído y se pasó una mano por la frente. Llevaba cuarenta y ocho horas sin dormir; estaba agotado e inquieto. Tenía miedo a lo que pudieran encontrar. De hecho, le aterrorizaba lo que ya habían encontrado.

Atardecía. Giró la cabeza y contempló las distantes ruinas de la casa situada sobre el picacho. El incendio se había extinguido poco antes del amanecer. Los equipos de desescombro entraron en acción con las primeras luces de la mañana y, apenas una hora después de comenzar el trabajo, dieron con un aparatoso congelador de nitrógeno líquido. Contenía órganos humanos. Hígados, corazones, riñones, bazos, pulmones... El agente que realizó el descubrimiento vomitó allí mismo.

Luego, alguien advirtió que había signos de tierra removida en el bosque que rodeaba la mansión. Se pusieron a cavar y descubrieron el primer cadáver. Hasta ahora habían aparecido casi dos docenas de cuerpos.

Y las detenciones... Ah, sí, encontraron a un buen número de hombres y mujeres deambulando por la finca. El problema era que todos parecían haber enloquecido. Los que aún podían hablar contaban historias extrañas e inconexas, decían que algo o alguien llamado el Maestro les había robado la voluntad y, finalmente, acababan confesando entre sollozos haber realizado actos terribles. Lo más caritativo que podía decirse de ellos es que estaban aniquilados interiormente.

Arriaga apoyó los codos en las rodillas y ocultó la cara entre las manos. Aquello era el caos, la locura, una pesadilla ante la que ni siquiera cabía la esperanza del despertar.

Escuchó ruido de pasos a su derecha y miró de soslayo. Un muchacho se aproximaba a él haciendo girar entre los dedos una vara de fresno. Tenía el pelo muy largo, recogido en una coleta, y se cubría los ojos con unas negras gafas de sol. Al policía le resultaba familiar; estaba seguro de haberlo visto antes, pero no lograba recordar dónde ni cuándo.

—Eh, chico —le llamó en voz alta—: la finca está precintada por la policía; no puedes estar aquí.

Sin hacerle el menor caso, el muchacho siguió caminando hasta detenerse a su lado.

—¿Cómo va eso, *poli?* —preguntó.

¡Esa voz! Arriaga abrió mucho los ojos y tragó saliva.

—Eres tú... —musitó.

—Tomás, colega. Ése es mi nombre.

El policía se incorporó lentamente, la mirada fija en el risueño rostro del muchacho. Por algún motivo, ahora que por fin lo tenía delante, no sabía qué decirle. Tras un prolongado silencio, preguntó:

—¿Qué sucede aquí?

Tomás se encogió de hombros.

—El *madero* eres tú, colega, así que tendrás que averiguarlo por tu cuenta. Pero a ti lo que te preocupa es otra cosa, ¿verdad? —señaló con la vara hacia el lugar donde un grupo de agentes se dedicaba a excavar en el suelo—. Te comes el coco pensando que en alguno de esos agujeros puede aparecer el cadáver de tu hijo, ¿a que sí? Pues déjate de malos rollos. Tu hijo no está aquí.

—Pero tú me hablaste de él...

—Fue para que me hicieras caso —el muchacho suspiró—. Andabas muy despistado, tío, y yo tenía que conseguir que te concentraras en la muerte de Germán y en las desapariciones de los chavales. Por eso te hablé de tu hijo, para que me tomaras en serio.

—Entonces..., no sabes dónde está.

—¿He dicho yo eso? —Tomás sacó del bolsillo un papel doblado y se lo tendió al policía—. Ahí tienes su dirección, colega.

Arriaga cogió el papel y lo contempló en silencio, atónito, sin atreverse a desdoblarlo.

—¿Está bien? —preguntó con un hilo de voz.

—¿Tu hijo? Bueno, así así; pero no le pasa nada que no tenga solución.

El policía miró con fijeza al muchacho.

—¿Cómo sabes todo eso? —exhaló una bocanada de aire—. ¿Quién eres tú?

—Tomás, ya te lo he dicho —el muchacho hizo un molinete con la vara de fresno—. Bueno, tío, ya tienes lo que querías. Me abro.

—Pero no puedes irte...

—Sí que puedo —Tomás echó a andar hacia el bosque—. Nos vemos, colega —agregó, despidiéndose con un alegre ademán.

El inspector Arriaga, confuso y desconcertado, contempló cómo se alejaba el muchacho, poco a poco, hasta desaparecer entre los árboles. Luego volvió a sentarse sobre el tronco caído e inclinó la cabeza.

En el puño, muy apretado, notaba el papel que le había entregado Tomás. Cerró los ojos y, por primera vez desde que era un niño, se echó a llorar.

* * *

Vargas se encontraba tumbado en la cama estilo imperio de su dormitorio. Como de costumbre, un largo manojo de cables conectaba los electrodos fijados en la arrugada piel del anciano a la batería de aparatos clínicos que la hermosa enfermera de guardia vigilaba con atenta mirada.

Eran casi las cuatro de la madrugada, pero Vargas aún estaba despierto (dormir se le antojaba una experiencia demasiado similar a la muerte como para resultarle grata). De modo que, en mitad de la noche, el anciano se dedicaba a pensar.

El fracaso del Maestro había supuesto un serio revés para él. Cada vez necesitaba con más urgencia nuevos órganos con los que reemplazar su vieja y deteriorada maquinaria interna. Un desenlace fatal podía sobrevenir en cualquier momento, pero el anciano no era la clase de persona que acepta de buen grado los fracasos. Se trataba de un hombre muy poderoso y, como les sucede a todos los poderosos, la palabra *resignación* no formaba parte de su vocabulario.

Por eso, en el mismo instante en que la organización del Maestro quedó desmantelada, Vargas comenzó a buscar nuevos contactos. Y lo cierto es que no tardó mucho en tener noticias de otra «empresa» dedicada a los trasplantes clandestinos. Era una organización establecida en Sudamérica y, al parecer, obtenía los órganos necesarios entre los miles de niños que vagabundean por las ciudades de Bolivia, de Colombia o de Brasil.

—No habrá ningún problema con su grupo sanguíneo, señor Vargas —le dijeron—. Hay muchos cuerpos donde elegir.

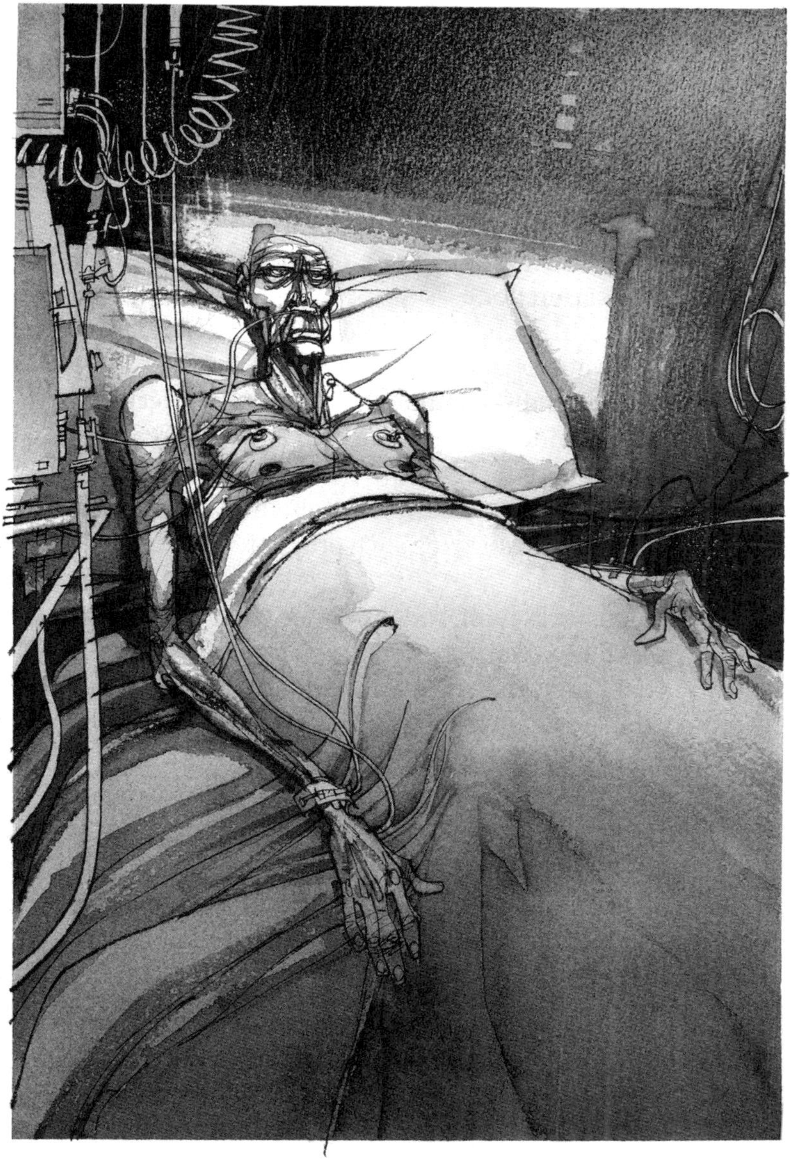

Luego discutieron el precio (una cantidad desmesurada pero, ¿qué importaba el dinero?) y llegaron a un acuerdo. A la mañana siguiente, Vargas fletaría uno de sus reactores privados y volaría a Sudamérica.

Y de ese modo, viviría para siempre.

El anciano suspiró y cerró los ojos. Al día siguiente le esperaba un gran ajetreo, de modo que mejor sería descansar un poco.

Entonces escuchó el ruido de la puerta al abrirse y unos pasos que se aproximaban. Abrió los ojos y contempló, sorprendido, al muchacho que acababa de entrar en el dormitorio. No tendría más de catorce años, llevaba el pelo recogido en una cola de caballo, usaba gafas de sol y sonreía con risueña malicia.

—¿Cómo va eso, viejo? —preguntó el recién llegado.

—¿Qué haces aquí, mocoso? —replicó Vargas con voz cascada—. Ésta es mi casa. ¡Lárgate!

—Qué borde eres, tío —contestó, burlón, Tomás—. Sólo venía a hacerte una visita.

Vargas frunció el ceño, malhumorado.

—Enfermera —dijo en voz alta—, eche inmediatamente de aquí a este crío —al no recibir respuesta, el anciano volvió la cabeza y descubrió que la enfermera seguía en su puesto, sí, pero profundamente dormida—. ¡Enfermera! —gritó—. Maldita mujer... ¡Despierte de una vez!

—No te canses, colega —comentó el muchacho—; la piba está como un leño.

Vargas resopló débilmente y contempló con atención el rostro de Tomás.

—¿Quién eres tú? —preguntó—. ¿Qué quieres?

—Nada especial. Me dijeron que estabas un poco pachucho y pensé en venir a verte. Pero, macho, lo que no podía imaginarme es que estuvieses tan hecho polvo. Eres un saco de huesos viejos, tío; das pena.

El anciano boqueó un par de veces. Hacía mucho que nadie osaba hablarle así.

—¡Cómo te atreves...! —balbuceó, indignado.

—Pero si es verdad, hombre. Eres más viejo que Matusalén. Has vivido demasiado. Pero eso no es lo malo, colega. Lo realmente chungo es que quieres vivir más, y más, y más... Aunque para conseguirlo tenga que morir algún que otro pobre chaval, ¿verdad?

El rostro de Vargas palideció. Su respiración era entrecortada.

—¡Tú..., tú...! —jadeó—. ¡Te voy a...!

Tomás se echó a reír.

—Ya sé que no quieres morirte, tío, pero hagas lo que hagas la vas a diñar, como todo el mundo. Mañana pensabas irte de viaje, ¿a que sí? A conseguir recambios —se encogió de hombros—. Pues me parece que no podrás. Tu dinero ya no vale para nada. Nadie va a morir para que un viejo como tú siga viviendo unos meses.

La palidez abandonó las mejillas de Vargas, dando paso a un congestionado enrojecimiento. Intentó hablar, pero no pudo. Se ahogaba. Tomás sacudió la cabeza.

—Bueno —dijo—; no te molesto más. Me abro. Tengo un asunto que resolver en Sudamérica —se dirigió a la puerta y, antes de cruzarla, agregó—: Tienes mala cara, colega. Cúidate.

El muchacho perfiló una sonrisa burlona y abandonó el dormitorio.

Los gráficos que describían el estado de salud de Vargas comenzaron a trazar violentas curvas, con elevadas crestas y profundos valles. Un pitido de alarma resonó en el electrocardiógrafo. Numerosos pilotos rojos se encendieron.

Ajena a todo, sumida en un extraño y profundo sueño, la bella enfermera de rubios cabellos se removió sobre el asiento y siguió durmiendo.

Epílogo

Y así concluye mi historia.

Bueno, no exactamente, por supuesto; ya dije al principio que, en el mundo real, los comienzos y los finales no suelen estar nada claros. La vida prosiguió y los ecos de los extraordinarios acontecimientos que viví junto a Tomás continuaron resonando durante un tiempo.

La investigación policial acerca de la organización del Maestro apenas recibió publicidad. El inspector Arriaga me visitó varias veces; al principio para interrogarme, pero creo que al final sólo quería charlar. Yo no le conté nada acerca de mi intervención en el asunto, ni le hablé de Tomás y Horacio, pero creo que, de algún modo, él intuía que yo sabía más de lo que admitía saber. De todas formas, nunca me presionó al respecto. De hecho, la personalidad de aquel policía parecía haber cambiado por completo. Su amarga sequedad inicial se transformó, como por ensalmo, en amable cordialidad. Ignoro lo que le pasó, pero sin duda fue algo bueno.

La última vez que me visitó fue para decirme que instancias superiores habían decidido cerrar el caso. Al parecer, se habían recibido poderosas presiones en ese sentido. Personas del más alto nivel estaban muy nerviosas ante aquella investigación policial y habían hecho valer sus numerosas influencias para arrojar tierra sobre el asunto. Me pregunto cuántas de ellas habrían recibido recientemente un trasplante ilegal de órganos.

En cualquier caso, dijo el inspector Arriaga, el asunto estaba lamentablemente estancado. Las personas a las que se detuvo habían perdido el juicio por completo y nada en claro podía sacarse de ellas. La única pista concreta era la común mención a un hombre al que llamaban el Maestro y que, aparentemente, era el responsable de todo. Sin embargo, ese individuo parecía haberse esfumado de la faz de la Tierra.

No volví a ver a Tomás. Le busqué durante mucho tiempo, sí, recorrí la barriada de El Pozo preguntando por él, pero todo fue en vano. Desapareció de mi vida tan súbitamente como había entrado.

También intenté ponerme en contacto con Horacio y fui al sanatorio psiquiátrico donde estaba internado. Allí me dijeron que ninguno de sus pacientes se llamaba Horacio y que jamás habían tenido un interno aquejado de personalidad múltiple. De modo que Horacio, la Duquesa, el Profesor, el Lama, Dedos García, Nobusuke Mayeda, todos ellos en uno solo, se habían esfumado también.

Siguiendo el rastro de Tomás, visité a los Heredia, pero tampoco sabían nada de él. Según me dijeron, le conocían desde hacía muchos años y siempre se comportaba así. Era impredecible. Aparecía y desaparecía de repente, sin avisar.

Más tarde, muchos años después, supe que los He-

redia se habían enriquecido con el negocio de la chatarra. Me alegro por ellos. Son buena gente.

Ah, casi me olvidaba; no he vuelto a ver al Capitán Trotamundos, pero desde entonces hasta hoy no he dejado de recibir noticias suyas. Postales. Me llegan periódicamente, desde los más inconcebibles lugares del planeta. Nueva Zelanda, China, Borneo, Madagascar, Tierra del Fuego, el Congo... Allí donde va, el Capitán me manda una postal con sus saludos. Y yo me siento muy feliz cada vez que las recibo.

En cuanto a mí..., en fin, supongo que he llevado una vida normal y corriente. Al final fui a la universidad, como mamá quería. Pero también me puse a trabajar, como era mi intención. Imagino que a eso se le llama un pacto entre caballeros. Por las mañanas trabajaba de cajera en un supermercado y por las tardes estudiaba Medicina. Fue duro, pero creo que valió la pena.

Con respecto a mamá, bueno, le di tanto la lata que, poco a poco, fue abandonando su mundo de recuerdos y comenzó a salir y a cuidar más su aspecto. Finalmente, al cabo de los años, se casó. Con su jefe; menudo novelón, ¿verdad? Se trataba de un viudo entrado en años, agradable y simpático. Un buen hombre.

Después de la boda nos fuimos a vivir a la casa de mi padrastro, un chalé situado en una bonita urbanización. Por increíble que parezca, me entristeció abandonar mi barrio, aquel feo y sucio barrio obrero. A fin de cuentas, había sido mi hogar durante mucho tiempo.

Y no tengo que olvidarme de Miguel, mi vecino del piso de arriba. Solíamos vernos con cierta frecuencia, pero nunca hubo nada entre nosotros. A él se le acabó pasando el vago enamoramiento que sentía por mí y nos convertimos en buenos amigos. Todavía nos seguimos llamando por teléfono y, de vez en cuando, vamos al cine juntos.

¿Qué más puedo decir? Ah, sí; siempre llevo entre mi documentación un carné de donante de órganos. Si me sucediera algo, me gustaría que mi cuerpo sirviera para salvar la vida de otra persona. Además, pienso que, si todos hiciéramos lo mismo, organizaciones clandestinas como la del Maestro dejarían de existir.

Y, en fin, supongo que éste sería un buen momento para concluir mi relato. Pero aún falta algo. Antes dije que jamás había vuelto a ver a Tomás, y eso no es del todo exacto.

Ocurrió hace poco más de un mes. Yo me había desplazado en mi automóvil a un barrio del extrarradio para atender a un paciente. Cerca de su domicilio había un poblado de chabolas y, al concluir mi trabajo, decidí regresar a la autopista por el camino que cruzaba la barriada. Había bastante gente deambulando por allí. Gitanos, vagabundos, mendigos, emigrantes sin suerte...

Y, de pronto, lo vi. Estaba ahí, apoyado contra una pared encalada, con sus sempiternas gafas de sol, haciendo girar una vara de fresno entre los dedos. Me miró, sonrió con ironía y me saludó. Era Tomás. Pero, después de tantísimo tiempo, ¡seguía aparentando los mismos catorce años que tenía cuando le conocí!

Frené bruscamente y volví la cabeza.

Ya no estaba.

Bajé del coche y, ante la atónita mirada de los mo-

radores del poblado, le busqué por todas partes, gritando su nombre.

No di con él.

Quizá fue una alucinación, pero lo dudo. Y, ahora, comienzo a dudar también que fueran alucinaciones lo que vi aquella noche terrible en el despacho del Maestro (los tentáculos negros, los rayos de luz, todo eso). De hecho, durante los últimos días he esbozado una pequeña teoría que, si bien no resulta del todo satisfactoria, posee la virtud de explicar unos acontecimientos que siempre han quedado oscuros.

La clave está en Horacio, o, mejor dicho, en el Samuray y en su relación con el Maestro. Hablaban entre sí como si se conocieran desde hacia cientos de años. Al parecer, el Maestro también había hecho cosas terribles en el pasado, en un pasado remoto, y Mayeda, buscando venganza e impulsado por su férreo sentido del honor, logró saltar los abismos del tiempo y reencarnarse, de alguna manera, en un cuerpo que, por propia naturaleza, acogía múltiples personalidades.

Entonces, ¿quién era Tomás?

Supongamos que el mal, el mal absoluto, existe realmente y, a lo largo de las eras, va adoptando diversas apariencias, distintos aspectos. Como, por ejemplo, el de ese ser extraño y perverso que se hacía llamar el Maestro.

Pero, si aceptamos eso, también podemos convenir que el bien, el bien absoluto, existe de igual modo. Bajo una forma inocente, bajo la apariencia de un niño, de un golfillo desarrapado, irónico y arrollador, bajo el aspecto de Tomás. Una especie de Peter Pan, un es-

píritu burlón, un arcángel vengador.

¿Fue casualidad que mi grupo sanguíneo coincidiera con el que andaba buscando el Maestro? Lo dudo mucho. En realidad, creo que Tomás me eligió a mí precisamente por ese motivo. Necesitaba encontrar el refugio del Maestro, el lugar donde se ocultaba ese ser oscuro y terrible, como una araña en el centro de su red, y yo fui el medio que usó para conseguirlo. Luego, él y el Samuray combatieron al mal en su propio seno...

Oh, vaya, al releer lo que acabo de escribir me doy cuenta de lo completamente absurdo que suena. Quizá, después de todo, sólo fueran alucinaciones. No lo sé. Estoy confusa...

Pero, en el fondo, ¿qué importa?

Bueno, ya sólo me queda una cosa más que añadir. Poco después de regresar a casa, tras mi aventura con Tomás, hice algo que todavía no he comentado. Reclamé el cadáver de Germán, el viejo borracho que murió a manos de los secuaces del Maestro. Luego vendí mi reloj, el último regalo que me hizo papá, y con el dinero que obtuve por él, pagué el precio de una tumba y enterré en ella el cuerpo de Germán.

¿Por qué lo hice? Supongo que porque fue Germán quien, de un modo u otro, lo inició todo, consiguiendo así acabar con el mal absoluto que representaba el Maestro. Una especie de homenaje.

Pero también lo hice por mí misma. Y lo hice por papá, y por Tomás, y por Horacio, y por las víctimas del Maestro, y por los desamparados de la Tierra que nada poseen y por los que nadie, cuando mueren, se molesta en derramar una lágrima.

Creo, en fin, que lo hice por todos nosotros.